JN315539

二見文庫

書き下ろし時代官能小説

後家往生

北山悦史

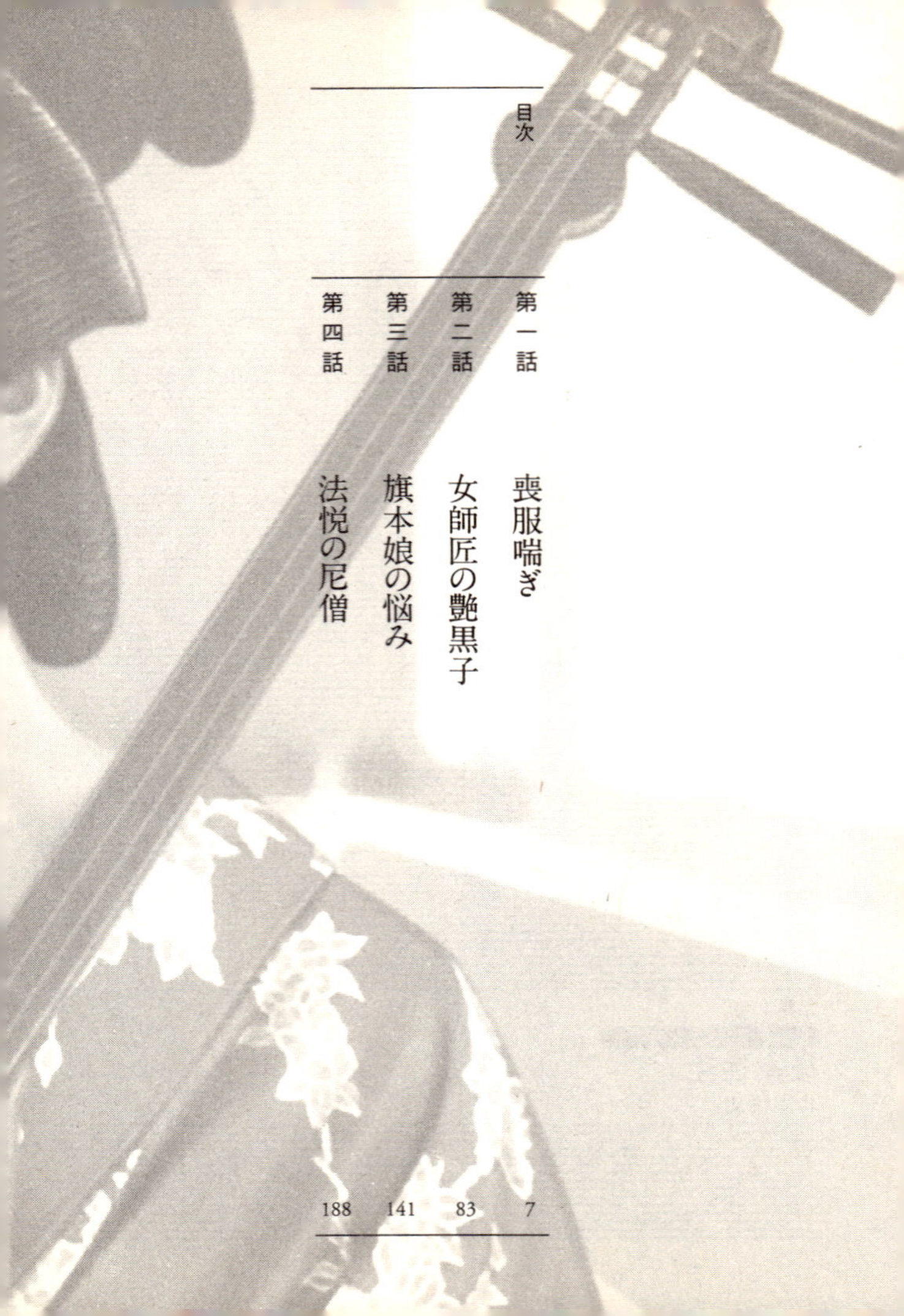

目次

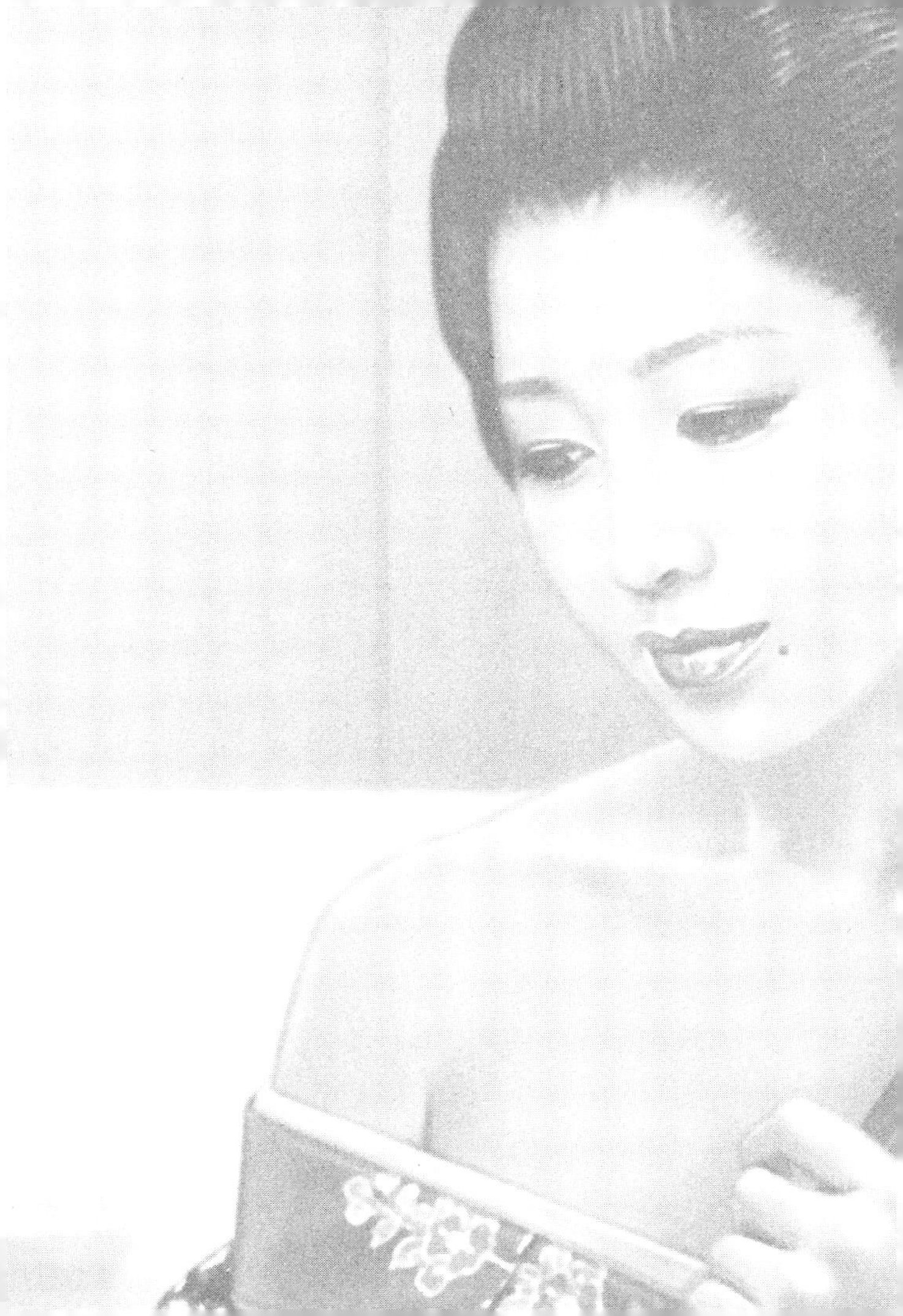

後家往生

第一話　喪服喘ぎ

一

明和《めいわ》八年、十代将軍徳川家治《とくがわいえはる》の治世。
葉月《はづき》。

カナカナ——。
カナカナカナ——。
ヒグラシが鳴いている。右からも左からも聞こえてくる。
天峰《てんほう》が今歩いている往来の右は町家が続き、左は寺だ。

場所は本郷《ほんごう》。時は昼八つ半。

町家では珍しいことだが、往来の前にも後ろにも、人影はない。ひたすらヒグラシの鳴き声だけが、一帯を占めている。

(それにしても凄いな。何百匹いるんだ)

天峰は足取りを緩め、あたりに顔を巡らした。

声はすれども、蟬の姿は一匹も認められない。代わりに目に広がったのは、抜けるような青空。

今日は十二日。三日後は仲秋《ちゅうしゅう》の名月。そうであれば、この空の澄み方も当然か。

(町家の人たちは、どこぞに芒《すすき》を取りに行っているのかな。いや、まだ早いか)

芒を手にした人物を思い浮かべた時、持っているものが男根に変わり、天峰は苦笑してしまった。

今しがた出てきた家に、明日は張形《はりがた》を持って来なければならない。張形といっても殿方用の「吾妻形《あずまがた》」だが。

留吉《とめきち》という、五十八歳の男の〝余命〟を見るための訪問の帰りだった。留吉は持病の腰痛がひどくなって歩けないので、昼前、盆のように丸い愛嬌のある顔をした、いと、いという嫁が出張を頼みに来たのだ。

昼直前に予約の客があったので、食事を終えたら伺うと天峰は答えて、家の場所を訊《き》き、いとを帰した。

天峰が本郷六丁目《ろくちょうめ》のその家に行くと、留吉は夜具に横になっていた。腰痛で満足に動けない体だが、五臓六腑《ごぞうろっぷ》には問題もないようで、顎の張った顔は血色もよい。

もとは瓦《かわら》職人。跡を継いだ息子の甚吉《じんきち》は仕事に出ていて、家には留吉といとの二人だけだった。

「で、余命を占ってほしいということですが」

夜具の横に天峰は腰を下ろした。

「へえ、先生、そうでやんす。きっちり見ておくんなせえ。できればあっしは、今年中にあの世に行きてえんですが」

「何でまた。といいますか、今年中に他界されるようには、とても見えませんが」

「そんな殺生な。じゃねえな。すぐにも死ぬと言って下《くだ》せえよ。女陰《ほと》に魔羅も突っ込めねえでだらだら生きてるなんざ、まっぴらゴメンです。嬶《かかあ》も三年前にあの世に行っちまったし」

ここで留吉は、天峰の後ろにいたいとに視線を移した。

「あの、先生、わたしちょっと、よろしいでしょうか。やっている途中のことが……」

言いながらいとは腰を浮かし、

「どうぞご遠慮なく」

と応じた天峰にぺこりと頭を下げて、逃げるように部屋を出ていった。

いとの後ろ姿を目で追っていた留吉が、見えなくなると声をひそめ、

「どうです、先生。可愛い嫁でしょう？」

「ええ。青二才のわたしが言うのも何ですが、見るからに気立てがよさそうで」

「ですがね、先生……」

留吉はもっと声をひそめて、

「全然、相手をしてくれねえんですよ。そりゃもう、まったく」

「は？　何の相手ですか？」

「これですよ、これ」

留吉は無精髭《ぶしょうひげ》の顔をニタリとさせると、左手の親指と人差し指で輪を作り、

その輪に右手の人差し指を通して、すぽすぽと出し入れした。

「あの、もしかして、男と女の……」

「もしかしねえでも、そうでさあ」

「そうですって、留吉さん、当たり前でしょう？　いったいどこの世界に、お嫁さんがお舅《しゆうと》さんにそんなことを許すなんてことがあるものですか」

天峰はあきれた。今、いとが逃げるように部屋を出ていったのは、留吉がコチラの話をすると察してのことだったのではないか。

「ですがね、先生、あっしは何も、魔羅を女陰に入れさせてくれとばかり言ってるわけじゃねえんですよ。指でしごいて抜いてくれるだけでもいいって頭を下げても、ダメだってんですから」

「そりゃそうでしょう」

「口でやってくれるんでもいいって頼んでも、にべもなく、だめです、なんすよ」

「それは、当然です」

「早く死にてえ。こんな生き地獄は勘弁でさあ。あっしは前世で、そんなにも悪いことをしたんですかねえ」

「ああ、そうでしたね。留吉さんの寿命を見るのでした」

「うんうん。あっしもつい、忘れてしまってやした。じゃ、ひとつよろしくお願《ねげ》えします。なるべく早く死ぬように見立てて下せえ」

「そんな無茶な」

天峰は苦笑して矢立《やたて》と紙を出し、占いの用意をした。

元は旗本の家督だったが、父の正室に男子が生まれたため、冷や飯食いのような身になった天峰が、裏霞ヶ関《うらかすみがせき》の屋敷を飛び出し、生来の異能を使って占いの仕事を始めたのが、四年前、十六の時。

幾種もの占いをするが、筆で紙に直線、曲線、螺旋《らせん》を描いて吉凶を見るのを、得意の一つとしている。

「ところで、腰痛は長いということでしたが、お仕事絡みで悪くなさったのですか」

「いえ。これですよ」

留吉はまたニタリとして、指の輪に、伸ばした指をすぽすぽさせた。

「は？　それで？」

思わず天峰は手を止めた。

「嬶のやつは好きでね、いくらでもやらせてくれたんですがね」

「それは仲のよろしいことで、何よりでございました」

「よその風邪引きの世話をしたばっかりに、うつって、てめえがあの世に行っちめえやがった」

「それは何ともご愁傷なことでございました」

「ねえ、先生。先生は抱っこおまんが好きですか」

「は？　抱っこ？」

「向かい合って、立って魔羅を女陰にはめて、完全に抱き上げるんですよ」

「わたし、そういうことは、とんと……」

いとが聞いているやもしれぬので、天峰は口を濁した。

「えっ。知らねえんですかい。だったら、一度やってみなせえ。も～、たまんねえ！　男も女も、この世の極楽を味わいまさあ。へえ、請け合います」

「へえー。そんなによろしいのですか。でも、この世の極楽でしょう？　それで腰を痛めたのですか」

天峰は占いの準備を終えた。

「男がイキはじめて少し、そうねえ、精汁のピュッピュッが二回ってとこかな、そん時に女が果ててガクガクってなると、これがまずいんでさあ」

「はあ。どのように」

天峰は、しっかり聞いておこうと思った。

「そん時、男はてめえの気持ちよさしか頭になくなる。そこで抱かれてる女がガクガクしてのけぞったりしたら、こりゃー危ねえ。逆さに落っこちてしまう」

「そうなりますよね」

「いくら何でも脳天から落っことすわけにゃいかねえから、屈む恰好《かっこう》になって抱き支える。これが、いかん。それも、精を射《う》ちながらだ。なお、いかん。腰に負担がかかりすぎるんでさあ」

「あの、留吉さん、それで腰を？」

天峰は占いそっちのけで、訊《たず》ねた。

「へえ、情けない話が、何度も」

「何度も！」

「腰がよくなったら、またやる。いくらか回復したら、気をつけながらだが、またやる。好きなんだもんよお」

「結局？」

「そういうこって。嬶が死んでからこっちは、岡場所の女郎と。へえ。最後は、可愛いが、おでぶちゃんと。重いのなんのって。で、このザマでさ」

「でも、その女郎さんは、頭から落ちなかったのでしょう？」

「落っことしたりしたら、瓦職人留吉様の名折れってもんでさあ。だけどその代わり、あっしの腰が折れちめえやがりましたが。ははは、クソォ」

髭面を撫《な》でながら、留吉は淋しく笑った。


そんな留吉の螺旋占いの結果は、〝文句なしの長命〟だった。

落胆する留吉の求めで、三度も四度もやり直しても、縦一本に連なった螺旋の数は十六。紙をいっぱいに満たした螺旋の本数は二十二。判で捺《お》したようにこれが繰り返された。

「わたしの見立てでは、留吉さんは軽く米寿まで生きられます」

「あと三十年！」

叫んで留吉は絶句した。

「そのうち、腰がよくなるかもしれないではないですか」

「そうかなあ。つらいなあ。地獄だなあ」

「あの、失礼ですが、ご自分の手で……などは？」

「センズリですかい」

「はあ」

「それがもう、飽きちまって。こう毎日では」

「毎日ですか」

またもやあきれて留吉を見下ろした時、天峰は閃《ひらめ》いたのだった。

「笑い具をお使いになったら、如何ですか」

「笑い具って、張形のことですかい」

留吉が、探るような顔をした。

「はい。でも、女の方が使うやつではありませんよ。殿方用の吾妻形です」

それは女陰に似せて作られた性具で、男根を差し込んで楽しむものだ。天峰の家には、両国薬研堀《りょうごくやげんぼり》の「四ッ目屋《よめや》」で買った婦人用の張形が何本もあるが、もののついでにと、男性用のも買ってきてあった。

天峰は実際に試して、その〝よさ〟を確かめていたが、なかなかの味わいだ。

「こういうもの」だと思えば、十二分に快楽を得ることができる。溢《あふ》れんばかりに精が溜《た》まっている男なら、三十回もこすれば昇天してしまうほど、美味だ。

「それなら先生、そいつを是非、世話して下せえ」

留吉が枕から頭を浮かして目を輝かせ、それを受けて天峰は明日、自分が試したのは内緒にして、その吾妻形を持ってくることにしたのだった。

二

線香の匂いが漂ってきた。

(彼岸にはまだ間があるが、墓参りかな)

そう思いながら天峰は、左の白壁に目を向けた。すぐそこが門で、「青泉寺《せいせんじ》」と看板が掲げられている。

と、喪服の女が出てきた。

「あ!」

一声、叫ぶように言って、女が立ちすくんだ。

丸顔の美貌。大きく見開かれた目は、総髪の下げ髪、茶の着物に焦茶の袴《はかま》、腰には黒塗りの鞘《さや》の大小を帯び、手には矢立を提げた天峰を直視している。

「……は?」

何がどうしたのかと、天峰は美女に顔を突き出した。間合いは一間《いっけん》ある。

天峰の頭から足まで目を往復させた女は、今度は天峰の後ろを窺《うかが》うように見た。

後ろに何かがあるのかと、天峰は振り向いた。

何もない。

「如何しました?」

「あの……」

丸髷《まるまげ》を結った女は、再び天峰の顔をじっと見つめた。そうして、色淡い唇がおもむろに開いて、

「嘉十郎《かじゅうろう》さんでは……ありませんよね」

問うてまた女は、天峰の足元に目を這《は》わせた。

「ええ、違います。天峰という者です」

「……はあ……違いますよね。失礼いたしました」

女は喪服の膝に両手をつき、深々と頭を下げた。丸髷の根掛《ねがけ》には、茄子紺《なすこん》の布を使っている。

「お参りですか」

素気無く立ち去るのも気が引けて、天峰は問うた。

「はい。主人の。嘉十郎というのは主人の名なのです。天峰様とおっしゃいましたか。あなた様が、亡き夫にそっくりなもので……」

「それで、出てきたのかと。わたしの足を見ていましたね。後ろとか」

「どうも失礼いたしました」

下腹部に両手をあてがって、女は頭を下げた。

と、持って生まれた特異体質がいきなり現れて、
ジリリ……。

天峰は下腹部一帯に、熱い疼《うず》きを意識した。むろん、目の前の美女からうつってきた〝性の気〟だ。

(夫を亡くして、飢えてるのか?)

頭には、飢えすぎて苦しんでいる留吉が浮かんだ。つづいて、女用の張形が浮かんだ。

「あの、差し出がましいですが、一つおうかがいしてもよろしいでしょうか」

「はい」

今日の空のように澄んだ目で天峰を見上げて、美女はうなずいた。

喪服と白い襦袢《じゅばん》の襟が、眩《まぶ》しいくらい映えている。胸元の肌は、襦袢に劣らぬ

ほど、白い。

「ご主人がお亡くなりになったのは、いつの頃で?」

「はい。去年の師走《しわす》です。川に落ちて」

「なに。川に」

「はい」

慎ましやかに女は顔を伏せた。

ジリリ……。

例の〝気〟が、再び天峰の下腹部に伝播してきた。

「それは何ともお気の毒なことで。それでもう一つ、つかぬことをうかがいますが」

「はい」

上げられた顔は、今にも天峰にすがってきそうな艶《なま》めかしさがある。女の両手は、局部をしっかり押さえている。

「ご家族は?」

「わたくし一人です。一昨年は三人だったのですけれど」

「……もうお一方も、お亡くなりになったのですか」

「はい」

と答えた美女は、天峰の求めに応じて話しはじめた。

夫の藤枝《ふじえだ》嘉十郎は御家人《ごけにん》だった。家は小石川《こいしかわ》にあり、女の名は志津《しづ》という。三年前に祝言を挙げ、じき、多恵《たえ》という娘を授かった。貧乏所帯だったが、幸せだった。ところが一昨年、多恵が急に熱を出して、息を引き取った。

嘉十郎の落胆は尋常ではなく、それ以来、酒に浸るようになった。貧乏だから金など続かない。幸い、子育ての必要がなくなったので、志津があちこちで使い走りや手伝いのようなことをして、夫の飲み代を稼いだ。

そして暮れも近づいた昨年師走の二十日。雪の降りしきる昼下がり、飲みに出かけた嘉十郎は、それっきり帰ってこなかった。

神田川《かんだがわ》で遺体が見つかったのは、三日後。酔って足を滑らせ、冬の川に落ちたということで、事は治まった。二十日の夕刻、そのあたりで口争いをしているらしい男たちの声を聞いたという話もあったが、真相はわからない。

「それからずっと、一人です」

哀しげな目が、天峰を見上げた。

うにゅにゅにゅ。

しかしどうだ。蜜に潤んだ女陰肉《ほとにく》がやるせなく蠢《うごめ》くような淫気が、天峰の股間を襲った。それが最も強く感じられたのは陰嚢《ふぐり》だ。

志津の両手は、ソコを隠すようにあてがわれている。

(この女、濡らしておるな)

天峰は確信した。

「そうでしたか。それはお淋しいことで。ところで、わたしですが」

「はい」

志津は、天峰の次の言葉をすぐ待つ目つきと顔つきになった。

「わたしは占いを生業《なりわい》としております」

「ま。そうでしたか。お姿から、何かそのようなことをなさっているお方かとは、思っておりましたけれど」

「今も出張の見立ての帰りなのですが、わたしはただの占いだけでなく、人のあれこれを見ることもやっているのです」

「あれこれ……」

にちゅり。

陰嚢にまた、蜜濡れしたような蠢きが寄せてきた。

志津は何食わぬ顔をしているが、目の周りはうっすらと桜色に染まりはじめている。色がこれほど白くなければ、気がつかない微妙さではあるが。

「人の心を読んだり、その人の体の状態を感知したり、ということです」

「まるで忍びのようですね」

「どうですか。志津殿はわたしをご主人と間違われたのです。この際、一時《いっとき》、わたしにご主人の代わりをさせていただけませぬか」

股間に感じている志津の淫気のことは、口にしない。

「え」

志津の表情が、にわかに明るくなった。右頰に、笑窪《えくぼ》が出来た。

「ご主人は、志津殿のこの笑窪が気に入っていたのではありませぬか」

天峰は、柔らかい頰の窪みを指先でつついてやった。

「まっ」

恥ずかしげに赤くなった顔は、しかしそれ以上に明媚に輝いた。

「当たっておりませぬか」

「天峰様って、亡くなった者の心も読めるのですか」

「はい。その人は今」

と言って、天峰はあたりを見回した。

耳を弄《ろう》するばかりのヒグラシの鳴き声の往来のどこにも、人影はない。

「こうしたがっております」

天峰は顔を落としざま、笑窪に口づけした。

「あ……」

と一声、喪服の後家は、なよっと天峰にくずおれてきた。

三

しばし後、神田白壁町《しらかべちょう》の天峰の家――。

天峰は玄関先に出してあった「外出中」の木札を外して「見立中」の木札を掛けると、志津を中に入れて腰高障子《こしだかしょうじ》に心張棒《しんばりぼう》をかった。

今まで天峰の三尺《さんじゃく》ほど後ろを歩いてきた志津は、緊張が解けた顔をしている。

「どうでしたか。歩きづらかったですか」

土間から部屋には上がらずに、天峰は志津の右肩に左手をかけた。

「え？」

喪服の美女はわずかに肩をすくませて、天峰を見上げた。

「内腿《うちもも》がぬるぬるで」

「…………」

美貌が、一瞬にして朱に染まった。

「先ほども申しましたが、わたしには人には見えぬものも見えるのでして」

「…………」

真っ赤になった顔が、俯《うつむ》けられた。

襦袢の白い襟の上で、耳は燃えるような色をしている。肌からは、こってりとした甘さの匂いが揺らぎ昇っている。内腿にまで垂れているだろう快楽の蜜の匂いは、今のところ、感知されない。

「内股《うちまた》にべっとりと膏薬《こうやく》を貼《は》ったような感じでしたか」

「天峰様……天峰先生……」

「如何様にもお呼び下さってかまいません」

「先生はなぜ、そのように、隠れたところのものが見えるのですか」

「さあ。わたしにもわかりませぬ。生まれつきなもので。志津殿には、わたしのものが見えませせぬか」

「は？」

「志津殿を見て勃《た》ってしまった、わたしの魔羅ですよ」

「いっ、いえっ」

いっそう赤らんだ顔が、烈《はげ》しく左右に振られた。

「これのことですが」

天峰は右手で志津の左手をつかんだ。

「あ……」

志津の手に力が入った。

「わたしは、こいつのことを言っているのですよ」

少しずつ、天峰は志津の手を引き寄せた。

清楚で柔らかく、いかにも上品な手だった。そんな後家の手が、こわばりながら近づけられてくる。

「志津殿には、わたしの袴の中が見えますか」

「い、いえ」

「着物の中は？」

「見えません」

「では、下帯の中は」

「見えません」

「なら、触って下さい」

天峰は勃起した男のモノを、ぎゅうっと握らせた。

「あっ、あっ、先生、いけません」

志津は狼狽《ろうばい》した様を見せて、手を引き戻そうとした。が、むろんそれは叶《かな》わぬ。ならばと志津は、右手で自分の左手首をつかんで引っ張った。

しかし当然のことに、それも叶わぬ。勃った一物を握らされた指一本、離れはしない。それでも志津は、あらがいつづけようとする。

「あのっ、もしっ、先生、いけません。およしになって下さい」

「なぜですか。いけないなどということが、あるはずがないではないですか。今、わたしは、志津殿の夫なのですよ」

「…………」

志津の抵抗が、にわかに弱まった。

「夫婦《めおと》であれば、こんなことでもどんなことでも許されます。そうですよね。たとえば」

天峰は、志津の手をつかんでいた手の力を緩めた。志津の体には安堵《あんど》した感じが生じたが、それでも頑《かたく》なに身を守るこわばりは消えていない。天峰は志津の手を下に差し向けた。志津の手に緊張が戻った。

とはいえ、二人の力には差がありすぎる。志津の手は、天峰が導くままに袴の下のほうにやられ、それから着物の裾、袴の裾と、天峰の手と一緒になってたくし上げさせられ、着物の中、股へと潜り込まされた。

「あ、あっ、あ……先生、お願いでございます」

「お願いするのは、わたしのほうです。どうか、わたしのきばったサオに触って下さい。ほら、どうです。志津殿の指を、こんなにも待ってるのですよ」

しなやかな志津の指は、屹立《きつりつ》した肉幹を下帯越しに握らされた。

「あっ！　先生っ！」

美人後家の手は、はじかれるような反応を起こした。だが雁首の根元側に巻きつけられた指は、一分たりとも動かぬ。

「如何ですか。わたしの魔羅を握った感想は」

「あ……あ……」

「何かあるでしょう？　感想が。熱いとか、硬いとか」

「あ……熱いです」

志津は深く首を垂れて答えた。項《うなじ》まで朱に染まっている。

「他には如何ですか。たとえば、硬いとか、太いとか」

「……硬いです」

「まことですか？　こんなにそっと触っているだけで、硬さなど、わからぬと思いますが」

「…………」

顔は上げずに、志津はゆるゆるとかぶりを振った。

「魔羅汁が溢れそうになっているのは、わかります？」

「……は？」

顔が上がり、泣き濡れたような目が天峰を見た。

「鈴口から出る、悦びのしるしです。精汁とは違うものですよ」

「…………」

また、かぶりが振られた。

「強く握って下さい。そうしたら、出ます」

「…………」

見つめる目は、まだろくに男を知らぬ娘のように、戸惑いに満ちている。

「ほら、こうやって、ぎゅっ、ぎゅっと」

清楚な指を包み込み、力を加えてたぎる肉幹を握り締めさせた。

とろ。

先走り液が滲《にじ》み出た。下帯に染み広がっていくのが、雁首の前面に感じられる。

「出ました。ほ〜ら、こんなに」

天峰は志津の手を肉幹の先に移させた。指の腹が、下帯を突っ張らせている肉の槍の先端をなぞった。

「あっ……」

志津が、肩と腕をすくませた。しかし指は、濡れた下帯から離れはしない。

「気持ちが悪いですか」

「いっ、いえっ」

志津は潤んだ目で天峰を見て、きっぱりと否定した。

「汚いと、思いますか」

「いいえ」

「なら、舐《な》めてみて下さい」

「え……」

天峰を見つめていた目が、遠く彼方を見やる目つきになった。顔もわずかだが、のけぞった。天峰の顔のすぐ前の右頬に、笑窪の〝きず〟がある。天峰は顔を落とし、そこに口づけした。

「あ」

志津の体が固まったようになって、あえかな声が漏れた。

実に柔らかい頬だ。何とも穏やかで落ち着いた感じの、甘い匂いもする。天峰は左頬にも口づけした。

「ん」

志津の体が、ぐらりと傾《かし》いだ。天峰は肩を深く抱いて支え、今度は口を奪った。

「…………」

声は漏れないが、その代わり、雁首を握る指に力が入った。愛撫《あいぶ》をしてきたのではない。唇を奪われて、心細さか何かで、すがってきた感じだ。

それはともかく、雁首がそのようにされたので、鈴口からどろどろと魔羅汁が漏出《ろうしゅつ》した。手が、引っ込められる動きを見せた。天峰は逆に手前に引いて、下帯の右脇から中に入れさせた。

指が陰毛を掃いた。

「んっ」

取り乱したような指を、天峰は押し下げた。指は肉幹の根元を過ぎて、陰嚢《いんのう》に触った。

「むむっ」

後家の手が震えた。喪服の背がしなり、顔が離れていこうとした。天峰はあらためて肩を抱き寄せ、口づけを強めた。志津の腰から上が、骨抜きになったようにたわんだ。志津の左手からは、これといった表情、意志は感じられない。

天峰は生魔羅を握らせた。

「んんんっ」

ビクビクと、志津の腕がわなないた。それから首がこわばって、つらそうに左右に振られた。天峰は、魔羅汁で濡れた生雁首をなぞらせた。志津の腰が砕け、口づけが外れた。

「これをお口でやってくれますか。吸ったり舐めたり、しごいたり。もっとも、すぐに精が迸《ほとばし》ってしまうと思いますが」

「あ……あああ……」

志津の膝が落ちた。

四

天峰は志津を抱き止めて、土間から部屋に上がる敷居に腰掛けさせた。

志津の手はもう、天峰の着物からは抜け出ている。志津は、魔羅汁で濡れた指を隠すように、手を縮こめている。

「さあ、それではお口で魔羅をねぶっていただきましょうか」

「…………」

天峰を見つめる志津の目の周りは、輝くほど赤く発色している。

「ご主人のは、くわえたり吸ったりしたのでしょう？」

「…………」

肯定も否定も返ってこない。瞳は泉のごとく深い潤みをたたえている。

「何度も申しますが、わたしは今、志津殿の夫なのですから、たっぷりねぶっていただいて、迸った男の汁を飲んでいただきます」

「…………」

志津は先ほど見せたように、遠くを見やる目つきをした。

「ですが、その前に一つ、やっていただくことがあります」

「………」

彼方を見る目の焦点が、天峰の顔に合わせられた。

「わたしの魔羅をくわえたり、舐めたりするのは、その後です」

「……何でしょう」

ようやく、志津の口から言葉が発せられた。

「果てていただきます」

「は？」

「こうなって――」

天峰は志津の体をやさしく押した。

「あ、あ……」

志津は倒れるのを堪えようとしたが、畳に仰向けになった。首に力を入れ、頭をもたげようとしている。

「御髪《おぐし》なら、お気になさらずに。ここには髪結い道具一式がそろっていますから」

「…………」

なお頭を落とすまいとしている志津が、不思議そうな顔をした。

「わたしは占い師ですが、あのお寺のところでも申しましたように、いろいろなことをやります。つまり、さまざまなお客さんがおみえになるということですが」

天峰の頭には、小簞笥《こだんす》の中に入っているものが浮かんでいた。

「ではさしあたり、志津殿には果てていただきますね」

天峰は土間にしゃがんで、喪服の前を開いた。

「あっ、あのっ、先生っ！」

志津は狼狽した声を出し、起き上がろうとする動きを見せたが、背中の帯の結び目が邪魔をしているのか、体を起こすことはできない。

喪服の裾を左右に割った天峰は、つづいて純白の襦袢、そうして鴇色《ときいろ》の腰巻をめくりよけた。

「あっ、あっ、先生、お願いです」

身を起こすことのできない志津は、精一杯のあらがいか、蠟《ろう》のように白い膝をぴたりと合わせている。

肌は、すべすべ、てらてらとしていて、まばゆいばかりの光沢を放っている。着衣は、膝の少し上で左右に広げられている。天峰は顔を下げ、密着した内腿の奥を覗《のぞ》き見た。

奥は、腰巻の色に淡く染まっている。秘部までは見えないが、ねっとりとした秘香《ひこう》が漂い出ている。寺からここに来るまで、志津は漏れ出した蜜液のせいで歩きづらかったはずなのだ。天峰は、くっついている膝頭に両手をあてがった。

「あのっ、もしっ、先生、堪忍……」

「いたしませせぬ」

天峰は膝を開こうとした。しかし志津は抵抗を緩めない。

「力を脱《ぬ》いて下され。わたしに女陰を拝ませて……」

「いっ、いやです」

「ぬるぬるになっているからですか」

「………」

「わたしの魔羅も、先走りの汁でどろどろだったでしょう。お互いさまです」

言いながら天峰は、内腿の合わせ目に沿って右手を奥に滑らせた。手はなめらかな肌を一気に滑って、行き止まりに達した。

ぞりぞり。

女陰毛《ほとげ》は密に生え、毛質はコワい。

「ここの毛が濃いご婦人は情けが深いと、よく言いますね。わたしの占いでも、そう出ます」

明らかにそれは嘘《うそ》というものだったが、天峰は密な女陰毛を掃きそよがせた。

「ああ……先生、くすぐったいです」

「くすぐったいというのは、このようなことを言うのではないですか」

天峰は左手の指で、右の脹脛《ふくらはぎ》を上下になぞった。

「あっ、あはっ、ああん」

右脚が震えて、膝と膝との間に隙間が出来た。すかさず天峰はそこに手を差し込んで隙間を広げ、顔を突っ込んだ。

「ああ〜ん。先生、そんな……」

恥じらいを強めた志津だが、顔が挟まっては膝に力を入れることはできない。

腰巻の色を映した仄明《ほのあか》るい中で、真正面に女陰肉が見えている。膝が顔の幅に開いているといっても、女陰肉が溝を広げているわけではない。恥芯は一条の縦線となって、しっかり閉じている。

と、閉じ合わさった恥芯の下部、左側の女陰肉に、ぬめりが窺えた。それが知れると、目が慣れたか、右側にも認められた。いや、蜜のぬめりは恥肉だけにとどまらず、腿の付け根近くにまで及んでいる。いやいや、明かりが充分でなくてわからなかったが、内腿に垂れているではないか。

天峰は顎の下から右手を差し込んでいき、左の内腿の液汁《えきじる》をなぞった。

「あはっ」

頭上、遠くにも聞こえる志津の声と一緒に、内腿がおののいた。

「志津殿、ここまで濡れていますよ」

「…………」

ひくりひくりと、腿は閉じようとする。だがむろんのこと、それは果たせない。

「これではさぞ、歩きにくかったでしょう。こちらもですからね」

天峰は右の内腿に指を移した。

「それとも、こんなふうになったのは、ここに来てからのことですか」

右の内腿の液汁をなぞりやった指を、そのまま恥肉に辿《たど》り上げた。

ふにょり。

とろけるほど柔らかい肉だ。

ぐにゅ。

閉じ合わさった肉溝が歪《ゆが》んで、蜜音を立てた。

「あっ、あっ、ああっ、天峰先生！」

両腿が弾んだ。恥肉も躍り上がる動きを見せ、それで指は肉溝にはまってしまった。

ぢゅぼ！

そんな没入の仕方だった。

「あっはぁん！」

くいくいと、恥骨が跳ねた。天峰の人差し指と中指は、労せずして溝の中をくじることになった。

「いやっ、いやぁ。あっ、ああんあん。先生、およしになって下さいませっ」

「何をおっしゃいますか。わたしは何もしておりません。動いているのは、志津殿の女陰ですよ。ほら、こう」

口ではそう言いながら、天峰は二本の指を小刻みに上下させた。

蜜量豊富な肉溝を、指はいともたやすく往復する。女の快楽液は、上は肉花弁《にくかべん》の襞の左右から、下は秘口の下からこぼれ出し、今や洪水の様を呈している。

「あ、あ、あ、先生、おやめになって。およしになって下さいましっ」

総髪下げ髪の天峰の頭に、そっと手が載った。

「そうですか。それでは、やめるといたしましょう」

天峰は、肉の割れ目から二本指を抜くのと相前後して顔を差し出し、舌を潜り込ませた。

「あひっ」

両腿が突っ張った。そして一瞬後、

「先生っ、先生っ、そんなっ、そのようなことをっ」

志津の手が伸びてきて、遠慮がちに天峰の肩を叩《たた》いた。

「そのようなとは、このような？」

一刹那《いっせつな》、天峰は口を離し、再び舌を溝に沈めるや、ぬら～りとくじり上げた。

「あっ、うん！」

肩を叩いた手が、つかんできた。

舌は今、肉花弁の最上端にあった。天峰はそこからさらに、ぬめりやった。るん。

舌裏がしこった肉粒をねぶり上げた。

「うくっ」

肩をつかむ志津の手に、力が入った。

天峰は舌裏を左右に動かした。柔らかい舌裏は硬い肉粒をこねて往復する。せいぜい十回の往復でも、女の快楽突起が肥大し、硬度を強めるのが感じられる。

天峰は舌裏の左右動を速めた。

てろてろてろ。

舌触りはそんな感じだ。

「あうあう、あううっ」

むっちりと肉づいた両腿が打ち震え、志津の手は天峰の肩を愛しげに撫でている。もはや志津の口からは、拒みやあらがい、許しを乞う言葉の一つも出てこない。

天峰は口を開けっ放しにして舌を使っているので、下唇から唾液が垂れていっていた。が、それ以上に、蜜液が噴きこぼれているようだった。天峰は右手の親指で、恥芯下部を探ってみた。

どぶどぶの溢れ具合だった。その下を探った。快楽の証しはそこの狭間を覆い、さらに下に流れていっている。後ろの秘門を過ぎ、腰巻を濡らしているかもしれなかった。

天峰は手をお尻の下に這い込ませ、浮かさせた。

五

恥部が、くいっとせり上がった。天峰は顔を下げて、奥を覗いた。

蜜液は後ろの門を過ぎ、尾骨のほうまで流れていた。お尻の谷割れの両側も、ぬめぬめとぬめ光っている。だがぬめりは、腰巻には至っていない。尻肉の厚さのせいだ。天峰は顔を差し出していき、尾骨にべっとりと舌を押しつけた。

「あひっ！」

悲鳴とともに、お尻が弾んだ。それで舌は尾骨を越えて、背中側まで這った。

天峰は舌を匙《さじ》のようにして、そこから恥芯まですくい引いた。蜜液を集めた舌が、恥芯に潜った。

とぷっ。

そんな音を立てて、女の快楽汁が飛び散った。

「あっ、はん！　うっ、あん！」

志津が驚いたような声を上げて、頭のほうにずれていこうとした。天峰は下から回して抱いている両手で、お尻を引き戻した。

舌は、肉の溝にみっちりとはまっている。恥肉は左右に膨れ上がり、さながら肉饅頭《にくまんじゆう》。その上にはもっさりと、女陰毛が茂り固まっている。

天峰は舌を上に向けてみた。

肉弁の襞が、うにょりとめくれた。上端の舟形の合わせ目に接して、硬い豆が突き勃っている。天峰がそのしこり肉をすくい取ろうとすると、

「あっ、先生、堪忍……」

上には逃げられないと見たか、恥骨が縮むように下がった。鬱蒼《うつそう》と茂った性毛に、鼻と上唇が埋まった。天峰は大口を開けて、丸ごとくわえ込んだ。

毛で包まれた大福餅《だいふくもち》でも頬張ったようだ。

はぐはぐと、咬《か》んでみた。

「い！」

恥骨がおののいた。

「痛い」と訴えようとしたのかもしれないと天峰は思ったが、そうでもないようだ。下の歯は、陰核《さね》には当たっていない。舟形の肉弁の中ほどに食い込んでいる。

食い込んでいるとはいっても、この部分は痛くはないはずだ。

あぐあぐあぐと、再び咬んでみた。上の歯は秘毛に覆われた柔肉に沈み、下の歯は肉の花弁を上下に滑って落ち着かない。

「はっ、はあ〜、はあ〜」

志津の声は、まぎれもなく愉悦を告げるものになっている。花弁を上下に往復する下の歯が、巧みな愛撫となっているようだった。歯での〝襞こそぎ〟とでもいうものが、多分に性感を高めているのかもしれない。

天峰は大口で肉饅頭をくわえた状態で、舌を突き出した。

こりっ。

舌先が、女のしこり肉とぶつかった。

「あうん」

恥骨が跳ね上がった。舌は腿の左の付け根に滑り出た。天峰は舌を戻して陰核突起に接合させた。

るるん。

今度は右に滑った。舌を真ん中に戻そうとした時、唾液がだらだらと流れ落ち、毛の生えた大福肉の総体を濡らした。唾液は下の歯と下唇から漏れ出して、恥芯下部に流れていっている。

天峰は口の中のものをいったん飲み干し、秘門の下から体液をすすり取った。液だけでなく、女陰毛も肉襞も口に入ってきた。

「あ～あ～っ」

恥骨が揺すり上げられた。うねうねと、左右にも振られた。それから、強くしゃくり上げる動きが起こった。恥骨が上がった時、天峰は秘門下部を舐め回した。恥骨が下がった時には、女陰毛から顔を覗かせている陰核を吸引した。

「あっ、あんあんっ。先生、後生。後生ですっ」

泣き声で志津が訴えた。恥骨をしゃくり上げる動きは止まらない。当然のことに、天峰も舌技、口淫をやめはしない。

「お願いです。あ、あ、あっ、先生、お願いですから、おやめになって下さい」

天峰の総髪の頭に志津の手がかかった。一瞬触っただけで手は離れたが、すぐにまたかかってきた。

「ほんとに、お頼みいたします。それ以上そのようなことをなさると、わたくし……」

頭に載せられた一方の手が肩に移って、促すように叩いた。腰の上下動は、なお、やまない。天峰は天峰で、志津の哀願を無視して、舌と口をつかっている。

「あっあっ、あああっ」

両腿がひきつった。それから、恥骨が上がりっ放しになった。天峰は女陰の穴に口を密着させた。口の開け方は穴の二倍ほど。つまり志津の蜜口は、天峰の口にすっかり収まっている。

とろろろっ。

あるいは、
ちゅるるるっ。

甘酸っぱい性液が口中に迸った。

(おっと、これは異なこと)

占いを生業とし、独り住まいを始めて四年、今では多くの女と接し、それなりのことを体験している天峰だったが、このようなのは初めてといってよかった。蜜口からよがり汁がどろどろと漏出するのは何度も見ているが、〝迸る〟というのは、まずない。

(もっと刺激を続ければ、また出るか)

天峰はお尻の下から右手を引き戻し、親指の腹で陰核をこねてみた。

「うあっ！　ああ～ん！」

随喜の叫びが大声で放たれ、せり上げられっ放しだった恥骨が細かく震え、そうして——、

どぼどぼっ。

驚くほどの淫水が噴き出してきた。わずか一呼吸で口の中はいっぱいになる。飲み込んだ。温い葛湯《くずゆ》のような喉越しだった。鼻から息を吐くと、熟した柿のような甘ったるい匂いが脳髄に広がった。

ひきつった志津の内腿はそのままだ。せり上がって打ち震えている恥骨も、同じだ。よがり声は今はなく、志津の両手は天峰の肩をつかんでいる。

果てているとは、見えなかった。快楽の頂にあと一歩、というところだろうか。天峰は左手も前に戻し、恥肉の右半分を揉《も》み込んだ。

「んは！」

志津が、息を吹き返したような声を上げた。恥骨は左へと逃げ、内腿はわなわなとおののいている。

天峰は恥肉の右半分を揉みながら、右手の親指と人差し指、中指の三本で、とがり勃った陰核突起をいじくった。そうして口では、蜜口の吸引だ。

「あっ、あっあっ。先生、もうっ、もうっ、わたしっ、う！　お！　く！」

最後の三語の一回一回に、腹部から膝までがこわばり返った。

濡れた恥肉を愛撫していた指が、口より下に滑った。親指は体液にまみれた股の底に。天峰は右手と口を前と同じように稼働させながら、左手の指で股底をなぞった。

指が後ろの秘門に触れた。酸っぱい梅を食べて、思いきり引きすぼめた口のような指触りだった。ぬるぬるしている。その個所だけ、こねてみる。

うにゅり。

指が没入した。

「あひっ！　そっ、そのようなところを！」

拒む叫び声と一緒に、陰核突起が脈動した。蜜口も脈動した。天峰は肉の突起を皮ごと上下にしごき、蜜口を吸い立てながら、後門に入った指を、
ぬちょぬちょ。

と抜き挿ししてやった。

「うっ！　くっ！　ひっ！」

一語一語に合わせて腹部が膨らんだ。天峰はなお責める。

「ぐっ！」

恥骨が浮き、枝がたわわにしなるように波打った。さらに天峰は三処責《みところぜ》めを見舞ってやった。

「う！　先生！　だめ！　だめです！　うっ、うっ、うう～っ！　あっ！　あんあんあん。あんあん、ああ～ん」

外にも聞こえるかというあられもない声を張り上げて美人後家は総身を弾ませ、華々しく絶頂に達した。

六

志津はすさまじい痙攣《けいれん》を繰り返している。

天峰は口を離して秘部を見た。赤みを増した桃色の穴は、鯉《こい》の口のように開いたり閉じたりしている。その様は見ようによっては「中に入れてくれ」とねだっているようにも思える。

今までは小さなその口を吸っていたのだったが、今度は入れてみるかと、天峰はあらためて両腿をかかえると、白い股の奥に顔をはめ込んでいき、ひくつく蜜口に舌を没入させた。

「ああ!」

かかえられている両腿が跳ね上がって、蜜口が収縮した。それは強い収縮力で、舌が痛いほどだ。天峰は舌を硬くし、濡れ乱れた恥肉に顔をぶつけるようにして、舌を抜き挿しさせた。

「あっあん、うあああ!」

腰が縦横に躍り、志津の両手は再び天峰の肩をつかんできた。

「いっいいいっ。あああっ。いいっいいいっ。あっ、あああっ」

志津はつかんだ天峰の肩を支えにして、自ら激しい腰づかいを始めた。まるで男根との交合、そのもののような荒っぽさだ。

蜜口の締まり具合はきついが、それでも抜き挿しされているのは、男根ならぬ舌だ。志津がいくら気持ちよく感じているといっても、肉幹には敵わぬだろう。

(うん。ならば)

ここでいよいよ交合をと、天峰は舌を引き抜いた。志津を見ると、不思議そうに天峰を見ている。志津の目が、天峰の顔から下に這った。男根は晒《さら》されていない。訝《いぶか》しげな目が、また天峰の顔に戻った。

「如何しました？」

「あ、あの……今のは……」

志津は戸惑っている。

「はい？」

事情を察して天峰は袴を落とし、そうして着物の前を割った。魔羅汁でべっとりと濡れた下帯が現れた。志津の目が、大きくなった。

「このサオを女陰にはめたと思いましたか」

笑いながら天峰は下帯を外した。天を衝《つ》く肉幹が露《あら》わになった。

「………」

志津の目はさらに大きく見開かれ、食い入るように見つめて、動かない。

「志津殿は今、わたしの肩をつかんでいたのですよ。だったら、魔羅をはめているのでないことは、わかったはずですが」

「………」

ゆるゆると、志津はかぶりを振った。

「目をつぶっていたから、わかりませんでしたか。まあ、それはどうでもよいことです。さあ、それをいたしましょう。志津殿のことを、思いきり泣かせてさしあげます」

「泣かせて……」

畳から頭を浮かして天峰を見ている志津が、気が遠くなってゆくような表情を見せた。

「泣くのはお嫌いですか。嫌いでも許しませぬぞ。さあ、あちらへ」

天峰は玄関の戸の心張棒を確かめ、志津を部屋に上げた。

上がってすぐの見立てをする部屋を抜け、奥の部屋に入って襖《ふすま》を閉めた。裏庭に面したところの障子は、閉まっている。

「今度はじっくりやりましょう。少々お待ちを」

腰屛風《こしびょうぶ》の陰から夜具を出して敷き延べた。箱枕を取り上げたが、志津の丸髷はとうに乱れている。

「枕はよろしいですか。先ほども申しましたが、髪結い道具はそろっていますから、どうぞご安心を」

天峰は腰屛風と同じ側にある小簞笥を示した。そこには明日、淫欲に苦しむ留吉に持っていく吾妻形なども入っている。

「さてさて、それでは、邪魔なものは取ってと」

敷き延べた夜具の脇で天峰は帯をほどき、着物を脱ごうとすると、

「先生」

畳に端座していた志津が、急ぎ、にじり寄ってきた。天峰は着物を脱ぐ手を止めた。下帯はすでに外してある。着物の前は割れていて、そこから、真っ赤に艶《つや》光りした雁首を持つ肉幹がいななき勃っている。

「あのっ、先生、これを」

言いざま志津は両手で肉幹を握った。雁首は口の前にあり、志津はすがるような目で天峰を見上げている。

「は?」

問いながら天峰は肛門を力ませてやった。

とぴゅ。

鈴口から魔羅汁が飛び出した。

「わっ」

のけぞった喪服の胸に汁がかかり、志津は目を丸くして見下ろした。しかしそれは、わずか半呼吸。

「あれだけ下帯を濡らしておられましたのに、お汁、まだ出るのですか」

「何。まだと。お言葉ですが、志津殿。わたしの先走りの液は、ほとんど出ていないと申してもよいくらいなのですよ」

「まことに……?」

またもや志津は、気が遠くなっていくような顔つきになった。

「嘘だと思うのなら、サオを握り締めてごらんなされ」

「え。あ、はい。こうでしょうか」

失神と戦うような目つきをして、志津は両手の指に力を入れた。天峰は少しだけ、肉幹をきばらせた。男根が指の影響を受けない程度に硬くしたのだ。

「…………」

ゆるりゆるりと、志津がかぶりを振った。見上げる志津の目は、〝負け〟を認めている。

「もう一度。さあ」

「はい」

志津が唇をきっと結んでサオを握り締めたその瞬間、天峰は思いきり肛門を締め上げた。

とっぴゅん。

尿道の魔羅汁が鈴口から弧《こ》を描いて、引き結ばれた志津の唇にかかった。

「あ……」

驚きと羞恥《しゅうち》、戸惑いを含んだ声を漏らして志津は顔を伏せると、指の背を唇にあてがった。が、汁を拭《ぬぐ》うのかと見た天峰を裏切り、指は唇の中心に向かって動いた。口に寄せていったのだ。

「ま」

志津の顔が上がって天峰を直視した。志津の顔は輝くほど明るい。

「なんて美味《おい》しい」

「そうですか。それはどうも」

「こういうのを、甘露《かんろ》、っていうのでしょうね」

「甘露というのは、志津殿の女陰の汁にこそふさわしい言葉です。あとで賞味させていただきますが、まずは一度、そこに魔羅をはめましょう」

天峰は肩から着物を落とした。志津は肉幹を握った手を離そうともしない。めらめらと炎を揺らがせそうな目で天峰を見上げて、

「その前に、先生のお魔羅を口でさせていただけませぬか」

頑として退かない顔つきと口ぶりだ。

「ああ、そういえばそうでしたね。わたしの魔羅を吸ったり舐めたり、しごいたりしていただこうと思っていたのでした。すっかり横道に逸《そ》れて……」

天峰が言い終わらぬうちに、志津は雁首に唇をかぶせてきた。

唇は雁首のエラまで覆った。

焼けるような喜悦が肉幹から体の芯を射た。

「うおっ……あっ、志津殿っ……」

たまらず天峰は志津の崩れた丸髷に両手を添わせた。志津の顔は、ぬぬ~っと進んできた。唇はエラから包皮の反転部を過ぎ、肉胴の中ほどまで来た。

が、唇はさっと去った。

そして、

「この世にこれほど美味なものが」

一言言ってまた志津はくわえてきた。すでにぬめりが行き渡っていたので、唇は一気に滑り、肉胴に巻きついている指に当たって止まった。しかしその指が、場所を開けた。そうして唇の突進だ。

ぶにゅり。

なんと雁首は口の奥に没しきり、喉にまで届いた。

「ん、んん〜」

志津が、甘い鼻声を漏らした。天峰を見上げる目は陶然としていて、男のモノを呑《の》み込んでいる自分自身、昇天してゆきそうな感じだ。

「志津殿、喉にまで、そんな。苦しいでしょう」

「んんっ」

顔が横に振られた。ザラザラした上顎と、ねっとりとした舌、それに左右のつるつるした頬肉が、雁首の全面をねぶり立てた。

雁首どころか肉幹そのものが溶けてなくなってしまうかという猛烈な心地よさに、天峰は危うく腰が砕けそうになった。肛門はきつくきつく締まり、蟻《あり》の門渡《とわた》りは逆に膨れ上がり、陰嚢は逆巻き、精嚢は火を噴いている。

「ううっあ……あ、おお、志津殿、まっ……負けてしまいそうです。さっきも申しましたが、早々に志津殿のお口に精を迸らせて……」

またもや天峰が最後まで言わぬうちに、顔の前後動が始まった。

淑《しと》やかな美貌の武家の後家のどこにこのような大胆さがあったのかと、驚嘆を禁じ得ない荒い振り方だ。

上顎と舌の奥が、雁首の上下を厳しくしごく。エラとくびれには、時おり歯が当たりもする。引き締められた唇は強靭《きょうじん》な輪となって、肥大硬直した肉胴を往復する。

高まる肉悦ゆえの汗が、尾骨から噴き出した。背骨は歓喜の火柱と化している。股の付け根から内腿、膝にかけて、快楽のさざ波が起こっている。目から火花が散った。下腹部が轟音《ごうおん》を立てた。

「ぐっ！　おおっ、志津殿……！」

怒濤《どとう》の精の迸りが……。

と、その刹那、天峰は左手を取られた。うん？　と思うと、喪服の胸元に誘われていく。一瞬の休みもなく顔を振り立てている志津は、天峰を見上げている。

（ここを、揉んで下さい）

潤んだ目は、そう哀願しているようだ。天峰は自分から手を白襦袢の懐に差し込んでいった。ぬくぬくとした温もりのある懐だった。肌の表面すら、柔らかく感じられる。指はなめらかな肌を這い進み、そして左の膨らみに触った。

「ん、んん……」

志津の顔の前後動が、わずかに緩んだ。その遅れを取り戻すかのように、動きは前に増して速くなり、荒くもなり、両手の指が肉胴をこすり立てはじめたりもした。

噴出寸前で停止した射精感がぶり返した。だが意識は今、まろやかで大きな乳房にある。揉んで下さいと、志津がせがんでもいる。指が乳首に達した。射精よりもそこに、意識は多く向かっている。射精寸前状態のままで、天峰は後家の乳房を揉みしだいた。

「んっ、む……むうう、んむむ……」

目をほぼ閉じて紅潮した美貌が、せわしなく往復する。開けられて色を薄めている唇は、腹側に滑ってくる時はめくれ加減になり、去っていく時はすぼまったようになって、頬も凹《へこ》む。

肉胴は唾液と魔羅汁が混ぜ合わさった液か何かで分厚く濡れていて、唇が責め寄ってくる二度か三度に一度の割で、細かいあぶくを生じている。

「志津殿のお乳は、何と豊かでふくよかなのでしょう」

今にも男の白汁が噴き出しそうな喜悦と戦いながら、天峰は柔肉を揉み込んだ。左手を横向きにして、左乳房を揉んでいる。中指の付け根から手のひらの真ん中にかけて、しこり勃った乳首が当たっている。揉む手の動きや形に従って、乳首が倒れたり向きを変えたりしているのが、感じられる。

「んっ、むっ……」

何かを言おうとして思いとどまったように見えた志津が、一呼吸の後、顔を引いて口を離した。

「あの、先生」

「はい？」

「もしや先生は、果てるのを我慢していらっしゃるのでは？」

「いえ。まあ……」

「もしそうであれば、我慢などなさらず、思いきりわたしの口に」

最後まで言わずに志津は雁首を貪《むさぼ》りくわえ、顔を烈しく左右に回しだした。

顔は前後にも動いた。唇と上顎と舌と歯と歯茎と頬肉とが、螺旋を描いて魔羅責めをする。双方の粘膜が、ねっちりねっちりこねくり合い、それはもう、悲鳴を上げたくなる随喜だ。

口だけでなく、両手も性技を始めた。

左手は肉胴の根元から中ほどにかけてしごき立て、右手はというと、股に潜ってきて陰嚢を荒く、あるいは秘めやかにまさぐる。

おそらく志津は、右手での愛撫を左手より重く考えている。だから、利き腕の右手でやっているのだ。

それで、利き腕でない左手で肉胴を前後にこすっているわけだが、これがまた、拙《つたな》い。強すぎたり弱かったり、速く動いたりのろかったりしている。

しかしそれが、何とも〝よい〟のだった。

なるほど、夫に先立たれて一年近く経《た》った後家であると納得させられもし、一方では、年端も行かぬ女子《おなご》であればかくや、とも思わせ、そのことが、否応なく肉悦に拍車をかける。

「うぐっ、おっ……志津殿、もっと……もっとそっとしてくれませぬか」

「んんん」

ちょうど右に回されていた顔が、横に振られた。

雁首の右下べりとエラの左上べりを、歯がこそいだ。痛くなどないが、「口にくわえられている」ことを生々しく実感させられた。

じりじり。

焼けるような喜悦感が、歯が当たったところから肉幹の付け根へ走り、そうして精嚢と陰嚢とに枝分かれして、広がった。

精嚢が煮えたぎった。陰嚢が轟音を立て、つづいて蟻の門渡りが鋼の硬さをもって肥大し、さらには肛門が縮み上がって体内に引き込まれた。

（うっ、出る！）

もう駄目かと思った時、陰嚢をあやしていた志津の手が前に抜け出て、天峰の右手をつかみ、喪服の左肩へと誘った。

脱がすようにと言っているようだった。天峰は生乳房を揉んでいた左手を外に出し、右、そして左と、喪服と襦袢の肩を剝《む》き下げた。

七

白蠟を塗り込めたような肌が現れた。

まばゆいばかりの白肌だ。双乳は丸々と肉づいて誇らしく張り出し、頂を飾る乳首はとろけるような桜色を呈している。左の乳房のそこかしこに淡い斑《まだら》があるのは、天峰の愛撫ゆえのものだ。

生肌から熟れた甘い匂いが立ち昇ってくるのを天峰が意識した時、志津の魔羅責めが再開された。

口洞は左右の回転を交えながらの、振り幅の大きい前後動。

利き腕でない左手は、今度もまた、拙いサオしごき。
右手は股の奥に潜り込んできて、肉悦に縮かんだ陰嚢をもてあそぶ。
と、その手が陰嚢から蟻の門渡りへと這った。そこは鋼《はがね》の硬直で隆起している。
その硬さに立ち向かうかのように、爪が突き立てられた。
とはいえ、男の喜悦のこわばりには敵《かな》うわけもない。爪はごく表皮に当たって
いるだけで、天峰には痛くも痒《かゆ》くもない。
「うぐ……うむむ……」
しかし激烈な快感に見舞われて、天峰は低く唸《うな》った。
何本かの指が、肛門から陰嚢の付け根までの範囲で、そろりそろりとなぞりは
じめたのだった。その指づかいは、皮の内側にある筋の束、いうなれば内部に横
たわる別の男根をまさぐり撫でるようなものなのだった。
(魔羅が二本……！)
そう思わざるを得ない感覚だった。
肉悦が甚大になった。股の底を往復していた指が、肛門へと範囲を広げたのだ。
鳥肌立つような随喜感だ。
「う……お……く……」

天峰は気持ちよすぎる性感に抗し、歯を食いしばる思いで双乳を揉みしだいた。

志津の口洞と舌は、雁首を蹂躙《じゅうりん》するように動いている。左手は、愛撫しているのかいたぶっているのかわからないような、指さばきだ。そうして右手はというと、肛門そのものを責めてきた。

「うっ、ちょっ……」

それはやめてくれと体で示して、天峰は股を狭めた。

しかしそれは、許されなかった。志津の左手が尻の後ろに回るや、いともあっさりと滑り込んで、邪魔をしたのだ。

股は汗で濡れている。尾骨一帯に噴き出していた汗が、流れ落ちてきてもいた。それで志津の指は抵抗らしい抵抗もなく、後ろから肛門を捉えてしまっていた。

ズキズキッ。

脳天に火柱が立った気がした。

前からの指の一本が、肛門をうがった。後ろからの二本が、肛門の脇をなぞって往復する。

「志津殿、そっ、それは勘弁……」

「んんっ」

駄目ですとでも答えたか、志津は明確で鋭い返答一つ、真ん中の指を抜き挿しさせはじめた。唇と口洞、上顎と歯は、一刹那の休みもなく鈴口と亀頭、エラと肉胴を悩ませてくれている。

ズキズキッ。

ズッキンズッキン。

後頭部と脳天が、火を噴いた。噴火、噴出の感覚は、いうまでもなく下腹部にもある。しかし、きつい。つらい。快感が強すぎる。

「志津殿、頼みますから手加減を」

天峰は懇願し、腰を引こうとした。

しかしそれは叶わなかった。後ろから回されて肛門をなぞっている左手が、尻が下がるのを邪魔している。いや、邪魔しているどころではなかった。手は天峰の尻をぐいぐいと前に押した。腰を振るよう促している感じだ。

「え？　腰を？」

「ん」

「そんなことをしたら、すぐに志津殿のお口に精を迸らせてしまいます」

ぐいっぐいっ。

絶対に許さないという責めだ。

「わかりました。でも少しですよ。少しで構わないでしょう?」

天峰は腰をわずかにせり出した。が、同時に志津が手に力を入れたので、思いっきり突き出してしまった。

「んむ!」

雁首が喉に没し、こらえようもなく天峰は苦悶《くもん》の呻《うめ》きを上げた。ところが志津は苦しくもつらくも感じないのか、容赦なく尻を揺すらせる。そうしてその動きをはるかに凌ぐ振り幅で、顔を前後させた。

ぶちゅぶちゅ。

ぐぢょぐぢょ。

水鳴りが起こり、肉胴を往復する桜色の唇から、唾液と魔羅汁の混ざったものか、あぶくがこぼれ出ている。

顔が振り立てられるだけではなかった。前から股にくぐり込んでいる右手の指は肛門をうがち、突いたり引いたりしている。後ろから尻を追い立てている左手の指は、濡れ乱れた肛門の両脇を掻《か》きなぞっている。

ズキズキ。

後頭部が火を噴いた。

ズッキン。

脳天が火を噴き上げた。

どくどくどく。

下腹部が熱波を噴き出した。

総身の骨が軋《きし》み、粉々に砕け、怒濤の迸り。

随喜の塊が一団、一団、また一団と飛び出していく。

「くっ……うっ……うぐぐ……」

あとはもう声もなく恥骨をしゃくり上げて、天峰は射出を繰り返した。

「ん……！　む……！」

志津が声らしい声を上げたのは、それだけだったか。顔の往復、両手での指技は、片時も休まない。

(それ以上、動かないで。もう、もう、勘弁して)

哀訴は胸の内のみ。言葉として口から出てくれない。

(おおお、苦しいぐらい、イイ。うおお、このままどうなっても……)

と頭のどこかで思いながら、天峰は意識をなくした――。

——意識が戻った。男根を猛烈な快感が襲っている。その快感に、無理やり覚醒させられた感じだった。

志津はまだ男根をくわえ込んでいる。両手も動きをやめていない。

「あのっ」

声が出た。

「志津殿、もう精を射ち終えました。ですから手も口も、離して下さい」

天峰は志津の顎に手を添えた。志津の口がすぼまり、ねっとり、ねっちりと雁首をねぶりながら離れていった。手の動きも止まった。志津は口をきつく閉じて、天峰を見上げている。志津の頬は膨らんでいる。

「口の中、いっぱいでしょう。今、紙を差し上げますから」

「んん」

志津がかぶりを振った。両手は肉幹をきつく握っている。頰がこわばりを見せ、喉が音を立てた。

「飲んだのですか」

「美味しい！　先ほど味わわせていただいたお汁も甘露のようでしたけれど、精のお味は、言葉にできないくらい甘いです」

「それは嬉しいことを。これはほんのお礼です」

天峰はたわわな双乳を揉みしだいた。

「んっ。あ、あの、天峰先生」

「は？」

「先生の美味しい精をたんと飲ませていただいて、わたしはもう、この世に思い残すことはありません」

「何をおっしゃいます。縁起でもない。志津殿の人生は、これからではありませぬか。お子様やご主人の住む浄土に行くのは、ずっと先のことです。今はわたしが志津殿を、めくるめく極楽浄土にお連れ申します」

「え？」

「男と女として、じっくり楽しむということです。わたしの魔羅を志津殿の女陰に、は・め・る、のですよ」

「…………」

丸髷の美貌が、緋牡丹《ひぼたん》のように赤くなった。

「さあ、どうやって楽しみます？　二人して、獣になりますか」

天峰は夜具に腰を落とし、上体の肌を剝かれた志津を抱き寄せた。

「獣に……」

志津は顔を伏せ、肩をすぼませた。肉づいた豊かな乳房がくっつき合って、勃起した乳首をすぐ近くに並ばせた。

「そうです。それですと、志津殿はこうならなければなりませんよね」

天峰は志津を四つん這いにさせた。

「あ、天峰先生……」

赤く染まった顔が、天峰を振り向いた。天峰はひとつうなずいてみせ、喪服のお尻を剝きやった。丸々と膨満した白い豊臀が露わになった。

「んあ、はああ……」

志津は顔を向こうに戻し、それでも恥じらいを隠せない思いからか、背中をうねらせるようにして頭を下げた。茄子紺の根掛をした髷が、右に大きく崩れている。

頭が下がった分、お尻が大きく見える。巨大な肉塊という感じだ。これもまた丹念に白蠟を塗り込めたような色合いと艶をしている。

夜具についている膝は、一尺ほどの間を開けている。それでいて、お尻の谷割れはぴたりと閉じ合わさっている。腿とお尻の肉が厚いからだ。

「獣になるためには、お股を開かなければなりませんね」

天峰は膝を開かせた。

ぬちっ。

粘っこい音と感触で、左右のお尻が離れた。

ほぼ表面まで、快楽の蜜が広がっている。薄桃色の秘門が覗ける。その向こうは、平べったい膨らみの濡れた恥肉だ。砂糖を煮詰めたような蜜香《みつが》が漂い出している。天峰はさらに股を開かせた。

恥肉が割れ、蜜を滴らせそうな粘膜の向こうに、くすんだ桃色をした陰核の突起が見える。そうしてその向こうは、もっさりと繁茂した女陰毛の梢《こずえ》。

漂う匂いが、いくぶん変わった。肌を舐めた唾液が乾こうとしている時のような、一種、臭みを伴った匂いだ。生々しい女香《じょこう》とでも言えばよいか。

「あ、ああ、あ……天峰先生……」

「はい？」

「焦《じ》らさないで下さいませ」

「承知しました」

別に焦らしていたわけではないがと志津の求めに苦笑半分、また、志津を可愛らしくも思いながら、天峰は膝立ちになった。

今、大量の精汁を志津の口に迸らせた肉幹は、新たな射出を訴えて屹立している。天峰は交合を待ちあぐねるお尻に迫った。

八

真っ赤に発色した雁首が、お尻の谷割れを分けて潜った。

「うん!」

白く光る背中がうねり、丸髷の頭が跳ね上がった。

「はめますよ」

「う……は、はい……」

美人後家の頭が左右に振られ、背中が揺すられ、肉厚の尻肉がよじれた。その動きに乗るようにして、雁首は滑っていく。肥大したエラが後ろの秘門をなぞり、鈴口が蜜口に達した。

「あっ、うっ……」

夜具に両手を突っ張っている志津の肩が、わなわなと震えた。

「入れますよ」

「はっ、はいっ」

うにゅにゅ。

柔らかい蜜口に雁首が没入した。

「ああ！」

背中が波打った。蜜口が、雁首を引き込む動きを見せた。

くぼぼ。ぐぼり。ぐぶぐぶ。

蜜襞は肉胴の三分の一ほどを一息に呑み込んだ。

さらに、
ぢゅる。ぢゅるる。ぢゅぶぶ。

深々と吸い込んでいく。またたく間に肉幹はあらかた姿を隠した。

「あっ、うっ。うはあ、うははあ」

白くぬめ光る巨大な双球が、右に左に、上に下にと躍った。右肩が下がって左肩が浮き、あるいはその逆。背筋は横に波打ち、縦にうねり、分厚い肉塊は前後にも動いた。

「志津殿、よいですか。でも、のっけからそんなに腰をつかったりしなくても。もっとじっくり……うっ、ぐぐぐっ」

天峰は背を屈めて唸った。

志津の右手が下からくぐってきて肉幹の根元と陰嚢を鷲づかみするように握ると、それは荒っぽい抜き挿しをさせたからだった。

豊臀そのものも、前後している。天峰の下腹部に尻肉をぶつけるような動きだ。獣の交尾を急《せ》き立てているようだった。

「こんな乱暴な腰づかいで、よろしいのですね」

天峰は両内腿を深くかかえ込むと、分厚い尻肉がぺしゃんこになるほどの甚大な杭《くい》打ちを見舞った。

「あっあっ」

厳しい突きごとに志津はよがり声を張り上げる。天峰は志津の膝が夜具から浮くほど掲げさせ、しゃくり上げる腰づかいを浴びせた。

ぐっぽぐっぽ。ずっぷずっぷ。

雁首の先が、蜜口の奥の奥に突き当たる。その時には、ぺったぺった。ぴたんぴたん。

尻肉と腹とが烈しく打ち合う。

「そんな！　あっ、先生先生、そんなそんな！」

「強すぎますか。どこかが痛いですか」

「あ～あ～、うああ～」

髷を乱して志津はかぶりを振った。

「それならもっと、こうやりましょう」

天峰は志津の膝をすっかり浮かすと、前後ならぬ上下に肉幹を叩きつけた。

「ひ～！　ひーひーっ。ひ～っ！」

お尻とは反対に下を向いた志津が、絹を裂くような随喜声を放った。それに一拍遅れ、蜜壺が異様な反応を起こした。

ねじれたのだ。肉襞が。ちょうど挿し込んでいく途中だった肉幹に、肉襞が斜めに絡みついた。

（わ。螺旋！）

ゾッと鳥肌立つ感覚とともに、天峰は感知した。きつく締まっている蜜口から壺の奥まりまで、襞が右回りに螺旋を描いている。

（俺の占いみたいではないか）

ならばこういう魔羅づかいはどうかと、天峰は己の螺旋占いの筆の跡を思い描きながら、右回りに挿入していき、左回りに引いてみた。

「うあ～っ。うわ～っ。あっ、んっ、うわわあ～っ」

うねくる志津の白い背中に、びっしりと粟立ちが生じた。

「よいですか。志津殿、これはどうですか」

回し腰での出し入れをしながら、天峰は問うた。

「あ～っ、おお～っ。うわっうわっ。うわわ～っ」

聞こえているのかいないのか、志津の答えはない。いや、体の反応そのものが、答えといえようか。

粟立ちは丸々とした肉づきの尻にも生じ、腿に広がり、見やると首筋にも密生している。総身に細かい粒をまとった志津は、両手と両足で自らの体を支え、ゆっさゆっさ、ゆっさゆっさと上下に波打ちだした。

肉襞の螺旋は雁首と肉胴に絡みつき、なぞり、こそぎ、滑り、締め上げ、絞り、ひくひくと脈動し、収縮し、ぞよめき、蠢動《しゅんどう》し、一刹那として動かぬことはない。

肉幹の先から根元、さらに体内までが、縦横にこねくり回され、甘美に蹂躙される。涎《よだれ》が垂れるのを禁じ得ない法悦感だ。陰嚢から精嚢に、にわかに精汁が送り込まれているかのような感覚が起こった。

(うくっ、くくくっ。おっ、俺もたまらない)

天峰は歯を食いしばって、随喜の射出を少しでも長引かせようとした。実際には、肛門を締め、肉幹をきばらせた。

「キッ」

志津が、妙な声を出した。

「キッキ……イイ……キ……イ……イッ、キ……」

歯を食いしばっているような声を少し続けると、志津は弾み上がり、何度か弾んだ後、夜具にへたばって、病の発作のような痙攣を見せた。

天峰は、絶頂の痙攣が鎮まるまで、着物の背中とお尻をめくられた志津の体に重なっていた。ほどなく志津の体は動きを弱め、そうして風船から空気が抜けるように和らいだ。

「極楽に行き着きましたか。それともまだ門にも行っていませんか」

火照《ほて》った首筋に唇を這わせながら天峰は問うた。

「…………」

志津は体をもぞつかせる動きを見せただけで、答えはない。肌は緩んでいるが、二度目の射精には至らなかった肉幹を呑んでいる蜜口は、まだ締まっている。天峰は肉幹をきばらせ、脈動させた。

「あっ、あん」

夜具から顔を浮かし、志津があえかな声を上げた。

「満足に果てましたか。法悦の仏様に出会えましたか」

「……あの、先生……」

肉悦の極みから覚めきっていないような顔が回されて、天峰を見た。

「はい」

「わたし、これからどうしましょう」

「は？　どういう意味ですか」

「明日から、いいえ、今日から、わたし、怖いです」

「怖いと。それはまた、何故《なにゆえ》に」

「ずっと忘れていたものを、天峰先生に思い出させられまして……」

すねて夜具に指で文字でも書くような科《しな》を見せながら、志津は話した。

夫の墓参りをしていると、かつての睦《むつ》みごとが体に甦《よみがえ》り、兆《きざ》してしまった。場所が場所だけに、逃げるようにして墓地から出た。

その時、天峰と鉢合わせをした。

今見ると、天峰と夫とはそれほど似ていない。なのに似ていると思ったのは、天峰の顔に夫の面影を勝手に重ねてしまったのだろうか。

「きっとご主人が、わたしに出会わせたのでしょう。それはともかく、これからのことは、何も心配いりませんよ。わたしのこれを持って行けばよいだけのことです。ね？　好きな時によがれば」

ぬぽりと肉幹を蜜壺から引き抜いて、天峰は志津の手に握らせた。

「え……」

志津は目を真ん丸にして、天峰を見た。

「あり得ぬこととお思いですか。それではしばし、このままで」

天峰は志津を再び夜具に伏せさせて立ち上がると、小簞笥に向かった。

抽斗《ひきだし》から取り出したのは、張形だった。

両国薬研堀の「四ッ目屋」で買ったものだ。巷《ちまた》では「笑い具」とも言われている。こういう時のために、何本も用意している。男用の吾妻形の一つは、明日、留吉のところに持っていく。

水牛の角製や鼈甲《べっこう》製のものは、高価だ。一両《りょう》というのも見せてもらったが、購《あがな》うのは金のある奥女中たちということだ。

ここにあるもので一番値が張るのは鼈甲製ので、二分《ぶ》。木製のものは廉価で二百文《もん》ぐらいからある。天峰が取り出したのは木製だが飴色《あめいろ》にぬめ光る結構な品で、一朱《しゅ》と百文だった。

志津は、夜具に伏せたままの恰好でいる。

「お待たせいたしました。さあ、続きにかかりましょう。まだまだ帰しはしませぬから、そのおつもりで」

天峰は志津の足元に戻り、それから四つん這いにさせた。

従順に応じる志津は、何かしらあると思ってはいるやもしれぬが、言い当てることはできぬであろう。

張形は、冷たくはない。木の温もりというものも、ある。天峰は、己のに劣らぬエラをした雁首を舐め、それから肉胴の部分もひととおり舐めて、蜜口に挿入した。

ぬらぬらぬら。

作り物の魔羅は、滑るように没していく。

「うあああ」

志津は張り子の虎にも似た動きで頭を振って、よがり声を放った。天峰が交合していったと思っているようだ。むろん天峰は、そのように位置している。

抜き挿しさせた。

「あっあん、あっあん、あっあん」

白い背中がうねり、頭の振り方が荒くなった。

蜜の壺から随喜汁を掻き出して雁首を送り込み、また掻き出して、木製魔羅を潜り込ませる。

「あっはん」

自ら腰を前後させだした志津に、天峰は生魔羅を握らせた。

「わあっ」

と一声、志津は何が起こったかという顔を後ろに向けた。

「おわかりですか。わたしの分身が、志津殿の女陰をよがらせております」

「あ！」

「如何です。わたしの本物と比べても、遜色《そんしょく》はないでしょう？　ただ、こいつは横着者で、自分からは動きませぬ。ですが、何ということはありませぬ。志津殿がご自分でなされればよいだけの話です。ほら、こうやって。今晩から」

天峰は志津の手を肉幹から離させ、股にくぐらせて、笑い具を握らせた。

「うそっ。あああっ、こんな。こんなのって」

しかし志津は天峰の手を借りることなく、自ら性具を抜き挿しさせだした。

「い、いーっ」

夜具に左手をついて右手で出し入れさせていた志津は、ごろりと転がって仰向けになると、大股を開き、見下ろす天峰が目を剝くほどの荒っぽさで飴色魔羅を操り、一方の手で双乳を揉みしだいて、あられもない自慰を始めた。

美貌は朱に染まり、歓喜を訴える唇は艶光りし、目は陶然として空《くう》をさまよい、肉体は白蛇のごとくうねくって、法悦そのもの。

「具合は如何ですか。よろしいでしょう。わたしの魔羅もよがらせて下さいますか」

天峰は先走りの淫液を滴らせる肉幹を志津の口に差し向けた。志津は顔を浮かして雁首をくわえると、恥骨を打ち振ってさらなる自慰に埋没していった——。

第二話　女師匠の艶黒子

一

カナカナカナ――。

カナカナ、カナカナカナ――。

今日もヒグラシの鳴き声がかまびすしい。

家のある神田白壁町とここ本郷とは、ほんの目と鼻の先のようなものだが、家の周りはこんなに騒々しくない。

（何の関係かな。やはり、生えてる木かな）

昨日と同じく往来の左右に首を巡らせながら、天峰は自宅へと向かっている。

留吉に吾妻形を渡した帰りだった。

（しかし、留吉さんは……）

またもや苦笑が込み上げる。

つい今しがた留吉の家を退去してきたばかりだが、もう幾度、苦笑し、道行く人に変に思われぬかと、崩れた顔を引き締めたことか。

もしかしたら留吉は天峰が行くのを首を長くして待っているやもと、朝五つ半過ぎに来た客の占いを終えてすぐに、家を出てきた。

「天峰先生、待っておりやした。もう、今か今かと」

留吉は目を爛々《らんらん》とさせ、横になっていた夜具から這い出してきた。

訊くと、明け六つ頃から待っていたというので、天峰はぶったまげた。あまりに遅いので、約束を忘れているのではないかと、嫁のいとを天峰のところに遣わそうと思っていたのだ、とも。

そんな留吉は、天峰から男用の笑い具を手をわななかせて受け取った。説明の要もない。男根を挿し込む作り物の女陰に、ぬるま湯を入れるだけのことだ。

「おいちょっと、いとや、湯はあるかな。なかったら沸かしてくれ」

手にした性具を目を飛び出させそうにして見ながら留吉がそう言ったので、またしても天峰はぶったまげた。とんでもない舅のとんでもない要求に、隣の部屋にいた可愛い嫁のいとは、返事ひとつで厨《くりや》に下りていった。

（こりゃ、ほんとにヤルな。くわばらくわばら）

客が待っていたら悪いからと、天峰は逃げ出してきたのだった。

（留吉さん、今頃、使ってるかな）

舅が一人でアヘアヘしているのを隣の部屋で聞いていて、いともたまらなくなり、アソコに指をつかいだすとか、するだろうか。

それを知った留吉が自分のところにいとを呼んで、あれこれさせたり、いとのをしてやったり、そんな成り行きになったりもするかだろうかと想像すると、いやでも顔が崩れてくる。

「チントンシャン。トテチンシャン」

前のほうから、男の鼻歌が聞こえてきた。

五間ほど向こうだ。野菜の棒手振り、女中と思しき若い女の二人連れ、手代《てだい》と丁稚《でっち》の連れ、旅装束の老若二人の男たち、そんな人が行きかう往来の向こうから、鼻歌まじりで男がやってくる。

人の間からちらりちらりと見える姿は、青の着流しに茶の帯。左手を外に向けて掲げ、右手は右腰あたりにある。

(三味《しゃみ》を弾いてるのか)

天峰は納得がいった。

(こんな昼日中、酔狂な。うらやましい身分だこと)

酒を飲んでいるのかとも思いながら、天峰は歩いていった。

間合いが詰まってきた。二十半ばの男と見える。苦労を知らないような、のっぺりとした顔立ちだ。大店《おおだな》の若旦那《わかだんな》というところか。

「チントテシャン。トテトテシャン」

男は首を振り振りやってくる。酒を飲んでいるふうでもない。

と、天峰は猫の臭いを感じた。

(三味を習ってるのか)

猫臭が濃厚になり、そうしてすれ違った。

久しぶりの感覚だった。少なくともこの四年間は、感知しなかった。

子供の頃は、今よりずっと嗅覚が強かった。「異能」と言ったほうが当たっていようが。

三味線が近くにあると、死んだ猫の臭いがするのだ。むろん、三味線に張られた皮から漂ってくるわけだ。だから嫌いだったが、今はそんなこともない。そもそも、三味に接することもなかったが。

持って生まれた異能と、今の己の生き様を思いながら、天峰は家へと足を進めた。

本郷から東南に向かっている。もうじき湯島《ゆしま》というところだ。

と、またしても猫の臭いだ。天峰は往来の前後左右を見やった。両側の町家の屋根も見た。だが猫の姿はない。生きているのも死んだのも。

(この辺に、三味の師匠の家があるのか)

右に左に顔を向けながら、進んでいった。

棒手振りや物売り、大八車を押している人足たち、町家の者たちに、武家の娘らしいのとお付きの女中。そういう者たちと前になったり後になったり、すれ違ったりしているが、臭いの元ではない。

人の流れの向こうに、澄んだ今日の空のような青い色の着物が見えた。そうして、それと同時に臭いが強くなった。さらに「匂い」も感じられた。

（うん？　どうしたことだ？）

原因は今出てきた青い着物に違いないと、天峰は歩を速めた。

その着物の主は、女だった。こちらに向かって来る。足を速める必要もなく、天峰は女に目を向けたままで歩いていった。

数間に迫った。「臭い」は薄れ、「匂い」が濃くなった。天峰は女から目を離さない。天峰の視線を感じたか、女が天峰を見た。

目の前の間合いになった。

「は？」

声は出さないが、女がそんな顔をした。

「あ、どうも」

事がこんな具合になったので、とりあえず天峰は足を止めて、軽く会釈した。

「…………」

女も足を止め、訝しげに天峰を見た。

いつもと同じく、天峰は総髪を下げ髪にし、茶の着物に焦茶の袴、腰には黒塗りの大小を差している。今は占いの仕事ではないので矢立などは持っておらず、自らも使った笑い具は留吉に渡してきたので、手ぶらだ。

一方、女は、天峰より一つ二つ年上か。雪白の瓜実顔《うりざねがお》で、唇の左下に黒子《ほくろ》がある。いわゆる艶黒子《つやぼくろ》というやつだ。

透明感に富んだ空色の着物に、明るい小豆《あずき》色の幅広帯。黄色のしごき帯。着物の裾には、季節を先取りするかのような、白と桃色の萩《はぎ》の花。

白い肌に溶け込むような薄桃色の、縮緬《ちりめん》の襦袢の襟が覗いている。潰《つぶ》し島田《しまだ》に結い上げた髷に、鼈甲の櫛《くし》と銀の笄《こうがい》、根掛《ねがけ》は緋の鹿の子。

くらくらするほどの美女だ。今や猫の臭いはすっかりなくなり、まさに秋の空と野の萩の爽やかさに満ちた色気が押し寄せてきている。

このますれ違うのは、惜しい。

「失礼ですが、お三味線のお師匠さんで？」

猫のことも先ほどの弟子らしい男のことも伏せ、直截に天峰は言った。

「え」

艶黒子の美女は二重の目を大きくし、

「はい。そうですけれど、どうしておわかりに？」

「いえ、お体から、そんな雰囲気が」

「体から……」

女は自分の身を見回した。手に、畳紙《たとうがみ》の束をかかえている。抜けるような白さの足に、朱の鼻緒の草履《ぞうり》。

「お召しとか、そういったことではありませぬ。体全体から放たれる気、漂い出る気、というものです」

「…………」

は？　という顔つきだ。

「わたし、占いを生業としている者ですが、人様の目には見えぬものも、多少は見えもするものでして」

「占い……」

「は。神田白壁町でやっております。名は天峰と申します」

「天峰さん……天峰先生……てん、ほう……」

女は目を遠くに向け、

「あ！」

二重の目が瞠《みは》られて、

「毛で占いをする先生ですね？　いつでしたか、お弟子さんたちが話しているのを聞いたことがあります」

「毛！」

今度は天峰が目を剥いた。

「お毛毛をなぞって、その人の運勢を見る、とか。どこのお毛毛のことか存じませんけれど。うふふっ」

と、その時、

「おっとっと。ごめんなせえ。すんません」

脂ぎった顔をした油売りが別の人をよけ、それで女にぶつかりそうになった。

女は動じるふうもなく、

「あら、こちらこそごめんなさいね。あの、天峰先生、よろしいでしょうか。ちょいとあちらに」

油売りに頭を下げた女は天峰の腕にやさしく手を添え、道の端に促した。

二

女は翠玉《すいぎょく》という名で、湯島二丁目、神田大明神そばに住まいがあると言った。天峰の稼業と同様に、自宅で三味線を教えている。今は稽古が終わったところで、小間物屋で畳紙を買った帰りということだった。

「ね、ね、ね、天峰先生」

町家の往来の端で二人きりのようになると、互いに名乗ったこともあってか、翠玉はにわかにくだけた口調になった。

「お毛毛占いって、どこのソレですするんですか？　やっぱり、アソコ？」

「いったい誰がそんなことを。わたしがするのは、筆占いです。毛は毛でも、筆のです」

「…………」

細面の美貌の三味線師匠は、めまいがするほどあでやかだ。

「じゃあ、そういうのは、一度も？」

「はい。試したことはありません」

「でも、できなくはないのでしょう？　人の目に見えないものでも、感じたり知ったりすることができる先生ですもの」

「まあ、是非にと頼まれれば……」

「是非、お願いします。わたしの毛で、わたしの運命を占って下さいな。ね、ね、天峰先生、いいでしょう？」

もう二度と離さないとばかり、翠玉は天峰の腕を取ってきた。

明るい空色の着物を膨らませている胸の柔肉が、肘に当たった。

ジリリ……。

例の性感が、天峰の下腹部を撃った。

翠玉は自宅へと天峰を案内した。


往来を少し戻って、右に折れた。それから左の小路に入り、神田明神を右に見ていくらか進んだところに、翠玉の住まいがあった。天峰の住まいと似た作りの、二間の家だ。

ただ、今二人がいるところは、家の裏手だった。胸の高さの竹垣が、庭をぐるりと囲んでいる。

「近道して来ましたの。ついでですから、ここから入りましょう」

翠玉は、天峰の返事を待たずに枝折戸《しおりど》を開けた。

庭には、幾種類もの菊、桔梗《ききょう》、女郎花《おみなえし》、竜胆《りんどう》、金木犀《きんもくせい》、槿《むくげ》、時鳥草《ほととぎす》などが咲き誇っている。花の中を歩いて、濡れ縁のところに行った。

「またまたついでに、せっかく近道をしたんですから、ここから上がっちゃいましょうよ。うふふ。盗っ人みたいですけれど」

艶然《えんぜん》と悪戯《いたずら》っぽく笑って、翠玉は障子を開けた。


入った六畳間で天峰が障子を閉め、腰の二本を外して待っていると、玄関の戸に心張棒をかった翠玉が戻ってきた。

「ねえ」

翠玉は天峰の横に腰を下ろした。白粉《おしろい》の匂いも含んだ媚香《びこう》が、むんっと漂って天峰を包んだ。

壁や襖に幾棹《さお》もの三味線が立て掛けられていて、突如甦った猫の臭いを感じないというと嘘になるが、それをはるかに凌ぐ翠玉の芳香とあでやかさに、すぐにも忘れてしまいそうだ。

「あたしのお毛毛で、占ってちょうだいな」

「はい。で、何を、特に占いましょう」

翠玉の白い肌に生えた女陰毛が頭にちらついて、下腹部が狂おしく唸り、男根がにょきにょきと頭をもたげた。

「いい人が現れてくれるかどうか」

「もうすでに、たくさんいらっしゃるのではありませぬか？」

「……お弟子さんたちのこと？」

すね顔をして翠玉は天峰の左肩に寄りかかり、天峰の着物の胸を引っ掻いた。

「はい。違います？　大店の旦那様とか若旦那とか、お金持ちのお弟子さんが多いのではないですか」

「そう。でも、駄目なの」

翠玉は天峰の胸に目を落とし、執拗《しつよう》に着物を引っ掻きながら、話した。

自分は十七の時から、池之端《いけのはた》の水茶屋で働いていた。十九の春、海鮮問屋を営んでいた店主の囲い女になった。この家は、その男があてがってくれたものだ。主《ぬし》が来ない時は、小さい頃からたしなんでいた三味線を弾いて、気を紛らわせていた。三味線は大好きだったので、一人でも淋しくはなく、幸せな毎日だった。ところが二年が過ぎた冬、主は道で倒れて、あっけなく他界してしまった。自分はここで三味を教えて、生計を立てることにした。もう、二年になる。

「あたしに、いいところのお弟子さんがいるのは、事実。言い寄ってくる殿方がいるのも、事実。だけど、実を結ばないの」

「どうしてですか」

「だから、それを占ってちょうだいって言ってるんじゃないですか」

天峰にすがって翠玉は身をくねらせた。豊満な乳房が、またもや二の腕でくねり返り、天峰の男根は完全に屹立した。

が——。間近で天峰を見上げる翠玉の目つき、顔つきは、別人のごとく変わっていた。そうして、

(あたし、淋しいの。心細いの)

天峰の胸には、切々とした訴えが迫ってきた。澄んだ大きな二重の目には、乙女のようなあどけなさが窺われもしている。恥じらい、しおらしさすら、感じられる。

(うむ。そうなのか)

天峰は、得心がいった。

元来この女は、見かけほどはしゃあしゃあとした性格ではないのだ。むしろ奥ゆかしい心を持った女なのではないか。少なくとも囲われの身であった頃は、そうであっただろう。

だが、独りで生きてゆくためには、明るさ、押しの強さ、時に軽さ、時に女であるがゆえの〝隙〟のようなものも、表に出さなくてはならない。占ってほしい

と言ってきたのも、心のよりどころを求めてのことであるのだろう。

(夜毎、淋しさに襲われ、枕を濡らしているやもしれぬな)

しんみりしてしまった天峰だったが、明るくふるまってきた美女にはそれ相応にと、

「承知いたしした。それでは……」

天峰は部屋を見回し、その顔を翠玉に向けた。この部屋は三味の稽古《けいこ》にだけ使うのか、小机と棚以外に家具はない。

「座っていればいいのかしら。それとも、立って?」

浮き立つような顔で翠玉が言った。

「どのようにでも。といっても、座ってでは無理でしょうね」

「お毛毛が見えなくなるから?」

「それくらい、少ないのですか?」

「さあ、どうかしら。ねえ、先生、立ってっていうのは?」

それから翠玉は天峰の耳に口を寄せ、

「なんか、すごーく……いやらしくありませんこと?」

「まあ、考えようによっては」

屹立した肉幹が、下帯を突き上げて脈動した。

「じゃあ、それで」

翠玉は天峰の肩にすがるようにして立ち上がると、立て掛けてあった四棹の三味線をどけ、壁を背にした。

「あの、お訊きしますが、お弟子さんは見えないのですか」

「大丈夫。さっき一人が終わって、今日はあと、夕方からなの」

「わかりました。それではやりましょう」

先ほどの男を思い出しながら、天峰は翠玉の前に腰を滑らせた。

三

翠玉が背を持たせかけているのは裏庭に面した障子の正面で、前には天峰が座っているが陰らしいものもなく、空色の着物姿は明るく映えている。

天峰は着物の上前、下前と、左右に開いた。萩の花の中に分け入っていくようだ。中は薄桃縮緬の襦袢。それも左右によけた。

現れたのは、鴇色の腰巻。と同時に、蜜柑《みかん》に似た匂いが漂い出した。

女香《じょこう》としては、珍しい。はっきりした記憶としては、ないと思う。かすかにありそうなのは、幼少の頃、身の周りの世話をしてくれていた女中の誰かの匂いが、こんな感じだったか。

胸のときめきの奥に何かしら懐かしいものを覚えながら、天峰は最後の一枚も左右に開いた。

とろけるように白い肌。

そこにあわあわと茂った女陰毛。

結構な量だが、昨日の志津ほどではない。中の上程度、というところか。長円形で、ほんわりと膨らんでいる。

蜜柑に似た匂いが、より明瞭になった。剝いた皮の匂いだ。それも、一日ぐらい経って乾きはしたが、乾ききっていないという状態の。

猫の臭いを思い出したせいで、嗅覚がいつもと違うと我ながら感心しつつ、天峰は指を差し伸べていった。

染みひとつない雪白の肌、右の腿からおなかにかけて左手をそっとあてがい、右手の人差し指を立てて、

「占いのやり方は、こんな感じです」

女陰毛の左上端に指先をつけた。

ひくりと、肌が反応した。声はない。

「こういうふうに、なぞり下ろします」

ほんわりと浮いた女陰毛の左端を、辿り下がった。

指先はごくわずか、肌に触っている。毛の梢の柔らかさと付け根のコワさが、ひどく生々しい。翠玉は両手のひらを壁につけ、じっとしている。

女陰毛は、恥肉の下部までは生えていなかった。肉花弁の襞が始まるであろうと思われるところまでだ。そこから下は、指は生肌をなぞった。

「……ん……」

「はい？」

「ちょっと……くすぐったい」

「そうですか。筆で肌を撫でる時も、みなさん、そうです」

指は上に戻り、今度は女陰毛の左の中ほどを。

「………」

声はないが、緩く開いている腿が、ひくつきを見せた。

指先は地肌をゾリゾリとこすりながら下降する。肉の割れ目のすぐ左側だ。指は肌に触れるかどうかという状態だが、それでもこの肉の柔らかさ、割れ目に挟まれているモノに影響が及ばずにはいられないだろう。

女陰毛の下端に達した。

「時に、こういうやり方もします」

そのまま地肌をなぞり上げた。指先は毛を逆撫でして上昇する。

「あ……」

腿が狭まった。

「はい？　如何しました？」

天峰は左手で右の腿を押して、元に戻した。

「くすぐったい」

「みなさん、そうですよ」

「ううん、くすぐったいというか、あん！」

膝が跳ねた。

上がりきった指が女陰毛の真ん中を下降し、女の急所中の急所をこすったのだった。

しかし指はとうにそこを過ぎて肉の花弁に至り、さらにそこからも去って、今は割れ目の右側をなぞり上がっている。

「如何いたしました？」

「先生がそんなとこ、触るから」

見下ろす目は、潤んでいる。

「ここですか？」

指は毛の上端に達し、右側の恥肉を撫でながら下がりはじめている。

「ううん。今のとこじゃなく」

「これですか？」

「あはん！」

天峰は人差し指に中指を並べた。中指の先が、秘毛に隠れた突起をこねた。

「違いました？」

二本の指は、もう下がっている。

「違わなく……ない」

はあ、はあという喘ぎが、言葉に続いた。

白蠟を塗り込めたような色合いの太腿は、思いきりこわばっている。天峰が左手をあてがっている右の腿は、しっとりと汗ばみだしている。汗は、天峰の手そのものにも滲んでいるが。

「今のような筆づかい、いえ、指づかいですか、それは、わたしの占いの主になるやり方ではありません」

天峰は最初の左上――向かって右上――に人差し指を戻し、ゆらゆらと波線を描いてなぞり下ろした。

指先は、女陰毛の左半分を斜めに横切って、少しずつ下がる。当然のことながら、陰核突起の始まりから終わりまでを、つん、つん、つんと、恥肉を隔てて横責めすることになる。

「あ……あ……あ……」

急所の肉粒を横責めされるたびに、腿は震え、あえかな声が漏れた。

波線の指は、左の恥肉の奥まで辿った。それが奥にくぐり込んだのと時を同じくして、左手の親指が恥肉の右半分を強くこすり上げた。

指は柔肉を凹ませた。快楽の肉突起がうねり出た。

「うはあ！」

恥骨が弾み、壁につけられていた両手が天峰の肩に載せられた。

「いろいろやりますでしょ――」

今度は右手の親指で恥肉の左半分をこすり上げ、右半分は、左手の人差し指、中指、薬指の三本で波線を描いて撫で下ろした。

女陰肉の左半分は凹んでは歪み上がり、一方の右半分は、左右に揺れながら秘毛をそよがせ、毛羽立たせている。

「ですが、わたしの筆占いの主は、螺旋なんです」

「ら……せん……」

「こうですよ」

天峰は上がりきった右手の人差し指で、螺旋を描きながら地肌をなぞり下げた。秘毛が根元から巻き込まれ、梢に至って指に別れを告げ、その時には新たな毛が巻き込まれ、指先は柔らかい地肌を「の」の字模様で下がる。

「う……あ……あは……」

くいくいと、切なげに恥骨がせり出された。それは螺旋を描く指への反応ではなく、左手の指が為していることであるはずだった。

左手は、五本の指全部で恥肉をつかみ込み、乳房を愛撫するような指づかいで揉み立てていた。

親指と人差し指が、快楽突起のすぐそばにある。その二本が女陰肉をつかみ込むたびに、肉は深く沈み、逆に突起は大きく顔を突き出させる。

「あう、う……う……」

己の秘肉がされていることを映すように、翠玉は天峰の肩を強くつかんだ。

「どんな感じですか」

天峰は左手では同じ行為をし、右手では二本の指で螺旋を描いて、女陰毛の上から下までの範囲で往復させた。

「どういう……意味……かしら」

はあはあ、はあと、喘ぎが続く。

「気持ちがよいですか」

「だったら……どうなの……かしら」

はあはあ、はあ。

「気持ちよく感じていれば、占いがしやすい、ということです」

「ほんとに？」

泣き濡れたような目が、天峰を見下ろした。

「本当です。つまり」

天峰は説明した。

体が心地よく感じると、心が和らぐ。そうなれば、日常の暮らしでは当たり前になっている心の〝殻〟〝鎧《よろい》〟というものが、緩む。あるいは、なくなる。心の囲いが取れれば、中にある感情、すなわち、希望、願望、欲望といったものが、表に出てくる。占いは、心の奥に潜んでいるものを導き出す方便なので、だから、心地よく感じることは、重要なのだ。

「なら、もっと気持ちよくさせてちょうだい。ね、そのほうがいいのよね」

「はい。あの、指の代わりに、舌で占っても構いませぬか」

「舌でも何でも、よろしいように……」

泣き濡れたような目の周りが、赤々と染まった。

四

天峰は両手の指で女陰毛を割りよけた。

（お……）

何とも嬉しく感じた。

左の恥肉の割れ目に近いところに、黒子がある。見上げると、茹《ゆ》だったような顔をして目をとろけさせている翠玉の、艶黒子の真下だ。

「ここにも黒子があります」

「……あ、そうだったわね。忘れてたわ」

「亡くなった旦那様、何かおっしゃってました？」

「気に入ってたみたい。ここの黒子にも、よく口をつけてたのよ」

と唇の下の艶黒子に指を差し向けた翠玉が、

「あっ、あ～ん！」

顎を突き出して甘声《あまごえ》を上げた。

天峰が女陰のそこに、口を押しつけたからだった。

唇の左端に、ぬめりが感じられた。肉の切れ込みだ。唇を左に滑らせた。ぬらぬらとした肉の突起が、はまった。

「いっ！」

腿がこわばり、恥骨がせり出して一瞬の後、下がった。天峰は、掻き分けた腰巻の下から両手をお尻に回してゆき、引き寄せた。

「あ、あ……あん、先生……」

翠玉が天峰の肩に手を突っ張って、抗《あらが》った。天峰は指をいっぱいに開いてお尻の巨肉をかかえ込み、指先を後ろの谷割れにめり込ませて、促した。

「んっ、あ……あ、あ～、つらい。先生、それ、すごく……」

あらがう翠玉の恥骨が、少しずつ、少しずつ、出てくる。今、ほぼ平坦な状態。

天峰は唇を練り込んだ。

うにゅにゅ。

快楽の肉突起が唇にぬめり入り、下唇には花弁の襞がひしゃげ当たった。天峰はお尻に回した右手だけを手前に戻すと、顎の下から股奥にくぐらせ、人差し指と中指の二本で秘芯を割り剝いた。

べろ～り。

と、めくれた。

「あっ、あっ、そんなにっ」

せり出されている恥骨がわななないた。その動きもあってか、顎の下から女香が噴き上がった。

蜜柑の皮に似ていた先ほどの秘香とは異なり、熟れきった桃の果汁を思わせる匂いだ。天峰は口を下に移し、舌を匙のようにして花蜜をすくった。ほんの一すくいなのにもかかわらず、湾曲させた舌には大量の甘汁《あまじる》が乗っている。

天峰はそれを飲み下した。喉を流れ落ちていく味は、熟れた瓜、無花果《いちじく》、甘柿に干し柿、それに春の独活《うど》か、それらを混ぜこぜにしたような複雑な食べ物の味がする。

鼻から息を吐いた。脳髄に染み渡った匂いは、昆布に若布《わかめ》、磯貝に河鹿《かじか》、鯔《ぼら》を連想させ、天峰の頭には入道雲の湧《わ》く大海原が広がった。

「うお、お……は、はあぁ、先生……天峰先生……」

翠玉の両内腿が打ち震え、両手は天峰の肩をつらそうにさすりまくる。天峰は秘芯を剝いた二本の指を、肉溝にくじり込ませた。

たった今、舌で底をえぐったばかりだが、溢れるほど潤んでいる。指を並べてなぞり引いた。指先が、肉襞の内部に沈んだ。それは、快楽突起を内側から突き上げることを意味する。

「あっうん！　もっ、もう、先生！」

翠玉が天峰の肩を叩いた。両膝が躍り、内腿が音を立てて打ち当たり、恥骨は烈しく前後した。

ぢゅるる。

肉襞に差し込んでいる二本の指の背を、随喜汁が伝い流れた。天峰は恥肉から口を離して、顔を上げた。

「ものすごく濡れています。どうせですから、このお汁で占ってみましょうか」

「どう……やって……？」

はあ、はあはあと、翠玉は喘いでいる。

「お陰核を吸って、もっとたくさん女陰汁を出させて、それが内腿を垂れる、その垂れ方で、見ます」

「お任せするわ。先生のよろしいように、うああっ！」

言葉が終わらないうちに陰核を含み取られて、翠玉は喜悦の叫びを上げた。

下帯を突っ張らせて屹立している天峰の肉幹同様、翠玉の急所の肉突起も硬くしこり勃っていた。

指先のような感触だ。天峰は強く吸引した。

「あひっ！」

翠玉が、肩に爪を食い込ませた。天峰は律動をつけてすすった。

「あんあん！」

それ以上、吸い取らないでと訴えるように、背をたわめて恥骨が突き出された。

そそけ立った女陰毛に鼻が埋まった。毛の付け根と生肌の匂いが、額の中に染みてくる。夢見るような甘い芳香だ。

あらためて嗅いでみようと、天峰は鼻を左右に這わせた。

ゾリゾリ。

鼻の頭が、秘毛を掻き乱した。

「はあああ」

恥骨がしゃくり上げられ、両膝が荒っぽく開閉した。

天峰は、湿気の残っている蜜柑の皮のような匂いを確かめながら、顔を横に振った。ちょうど恥骨が上がりきったところだったので、蜜に濡れた果肉に鼻先が没した。

「あっああああっ」

翠玉は天峰の総髪の頭に両手を掛けると、鼻を根こそぎ恥芯に埋め込もうとでもいう腰の振り方をした。

（いくらでも、どうぞ）

天峰は受けて立った。いや、天峰のほうから責めた。

翠玉の後ろに回している左手でお尻を引き、顔を上に向けて股の奥に顎をはめ、鼻を丸ごと埋めて戻し、埋めては戻しした。

どぼどぼ。

そんな感じで鼻に蜜液が流れ込んできた。

「ふんっ」

噴き出してみたものの、なお流れてくる。口で息をして、鼻の埋め戻しを繰り返した。

上に向けている目には、桃色の肉の割れ目から飛び出している陰核突起が見えている。その外側には、女陰毛が毛羽立ち広がっている。鼻から噴き出た蜜液が、頬から耳にかけて流れた。顎に伝い、両首筋に垂れていく。

「おっお……お陰核も。お陰核も気持ちよくしてっ」

翠玉が、かかえ込んでいる天峰の頭を揺さぶり、叫ぶようにしてねだった。

天峰は恥芯に出し入れさせている鼻を肉突起に滑り上げようとしたが、翠玉はこの性技をいたく悦んでいるようだ。それで思い直し、右手の親指を肉突起に載せて、横なぶりにいらった。

「あっあっ、うっう〜ん」

もはや翠玉は泣き声だ。両膝は地団駄《じだんだ》を踏み、恥骨は天峰の指に快楽突起を押しつけるように突き出されている。

もっとしてくれとせがんでいるのかと天峰は察し、親指の代わりに、曲げた人差し指と中指とで突起を挟んで、

うにうに。

くにくに。

と、しごき、こねくった。

「あひっあひっ！　うっううう、うくっ、くっ……くっくっく……！」

恥骨の前後動が荒くなった。尻肉が、硬くなるほど力んでいる。天峰は後ろに回している左手を、お尻の谷割れに侵入させた。そこは前に劣らず蜜濡れしていて、指はあっという間に後ろの秘門に達した。

「はあ～、あんあん。あっあんあん。あっうんうん」

お尻が跳ねる。その動きで指は後ろの門にぬめり込んだ。天峰は抜き挿ししてやった。右手の二本指では、陰核突起をこねくりつづけている。鼻はわずかな緩みもなく肉溝に出し入れさせている。

「うっ、くぅ～っ！」

壁に背中を打ちつけて、翠玉は華々しく絶頂した。

五

縦横に弾み痙攣する翠玉が崩れ落ちてきそうなので、天峰は顔を離すと、両手で腰を抱き支えた。鼻には蜜液が詰まっている。流れ出てきたのは口ですすり、喉に流れていったのは、そのまま飲み下した。

蜜柑と桃と柿と海産物の精のようなものが、全身に染み渡っていく。翠玉という一人の美女が自分の一部になってしまった感がある。

痙攣が鎮まってきた。翠玉が、目を陶然とした半開きにして天峰を見下ろした。菩薩《ぼさつ》が、うっすらと目を開いているような顔つきだ。

「久しぶり……」

消え入りそうな声で、翠玉が言った。

「占いがですか」

「あん。もう。わかってるくせに。先生ったら」

翠玉は甘く天峰を睨《にら》み下ろした。

「で、どうします？　占いは」

「まだ終わってないのよね」

「はい」

「じゃ、続けてちょうだいな」

「立っているのはつらいでしょう？　寝てやりましょうか」

「ん」

翠玉が次の間に顔を向けた。


絶頂したばかりで力の出ない翠玉を畳に座らせておいて天峰は夜具を敷き延べ、それから仰向けに寝かせた。天峰から見て左側に翠玉の頭、右側が脚だ。

この部屋も六畳間だった。腰屏風も簞笥も行灯《あんどん》も、天峰の部屋と似たようなもの。違うのは、三味線が幾棹か並べられていることだ。

「それでは女陰毛占いの続きを。帯は窮屈でしょう。取りますね」

天峰は、翠玉の体を左右に転がして帯を解き、抜き取った。空色の着物も薄桃色の襦袢も胸からはだけ、恥じらいの部分を隠しているのは鴇色の腰巻だけ。紐をほどき、夜具に落とした。

「あたし、幸せになれるかしら」

絶頂の余韻か新たな昂《たかぶ》りか、はあはあと、翠玉は荒い息を吐いている。その呼吸に従って、暴き出された乳房が大きく波打っている。

大きな白磁の丼のような乳房だ。頂を飾る乳首は、うら若き娘のそれを彷彿《ほうふつ》させる可憐なたたずまいで、初々しい桜色に艶光りしている。

なだらかな起伏をなす鳩尾《みぞおち》から腹部にかけては雪原を思わせ、恥骨の山が一つ膨らんで、漆黒の女陰毛が斜めに落ち込んでいる。

「もちろん。お師匠さんほど美貌に恵まれていて不幸な方など、いませんよ」

「でもいつも、せっかくのお話が、いいところで駄目になっちゃうの。誰かが邪魔をしてるとしか思えないわ。亡くなったあの人かしら。妬《ねた》んだりして」

「そんなことはないと思いますが」

ふと、天峰は壁の前に並んでいる三味線に目が行った。

「幸せを呼び込むためには、まず、あちらのほうがヨクならなければ。お師匠さん、もう一度、果てましょうよ」

「それはあたしからもお願いしたいけど、ねえ、先生」

「はい？」

「あたしって、本当は、こんな女じゃないんです」

見上げる目は真摯《しんし》だ。

「承知しております。私の目は節穴ではありませぬ」

「嬉しい！」

心底嬉しそうに、二重の目が輝いた。

「それで、今度は、指や口でないものでやりたいと思いますが、よろしいでしょうか」

「どのようにでも」

翠玉の表情は、すぐ悩ましいものに戻った。

「それでは」

天峰は夜具から出ると、三味線のところから撥《ばち》を取って戻った。

「ええっ？」

翠玉が目を剝いた。

「これでやりましょう。わたしは初めてです。お師匠さんは？」

「初めても何も」

「痛くなぞいたしませぬ、ご安心を。丁寧に丁寧に、やさしくやさしく」

撥の尖《とが》った角で、女陰毛の右へりを下になぞった。

「あ……」

「痛いですか」

「ううん。冷たい感じ」

「それはそうでしょうね。しかし、女陰が火照っていますから、ちょうどよい按《あん》配《ばい》なのではないですか？」

　下から上へと、撥を滑らせた。

　ゾリゾリ。

　逆撫でしているので抵抗感がある。指でなぞっているのより、ずっと強い。

「あ……」

　眉根《まゆね》が寄せられている。

「如何です？」

「それって、気持ちがいい」

「このぞりぞりという感じがですか」

「んっ、あ……あ、なんかくせになりそうな感じ」

「くせになりましょう、くせになりましょう。きっと福がやってきます」

　得たりと天峰はもう一本の撥を取り、恥肉の左右を角でこそぎ上げた。

「あ。ん。あははん。それ。ちょっと。あはっ」

膝が浮いて腿がよじ合わせられ、膝が交互に上下して腿がすり合わせられた。

「こういうのは、如何でしょう」

今度は角ではなく、銀杏形《いちょうがた》の先端部を平たく使って、女陰毛を撫で上げた。

恥肉の左側の半分を過ぎるところで、例の黒子が見えた。そこを、ぐりぐりとこすってやった。

「あっ、なんでこんなものを？」

「わたしの占いは本来、筆です。道具を使ったほうが、やりやすいわけですよ」

「先生の、は？」

「はい？」

「先生の太い筆では」

言いざま翠玉は右手を伸ばしてきて、狙い違わず肉幹を握った。

「あ」

「あ～ん、太くて硬い～」

袴の上から、指は見事にカリのくびれを締め上げた。

「お」

「先生、これではしてくれないの？」

「しますが、さしあたり、これでも」

天峰は撥を逆さに持つと、頭の部分を恥芯に押しつけた。

ぬるっ。

こちらも見事に肉溝にはまった。

「いっ」

内腿がよじ上げられた。天峰はもう一本の撥の頭で、陰核突起と思《おぼ》しきところを横にこねた。

「ああー変。指や舌先でないものって、変」

「でも、悪くはないでしょう」

快楽突起と肉溝を、両責めしてやった。

その時、あの志津が天峰の脳裏に浮かんだ。昨夜、志津は、天峰がやった張形で存分によがっただろうか。もしかしたら、たった今も、一人きりの家で張形を蜜壺に抜き挿しさせているのではないか。

天峰は燃えた。留吉の顔と吾妻形がちらりと目に浮かんだが、それはさっと捨てて、燃えた。

「こういうのも、なかなかのものなのですよ。嘘は申しません。嘘ではないことを、身をもってわかって下さい」

天峰は股を開かせると、右手に握った撥の頭を肉溝深く埋め込んで、左右に震わせた。一方、左の手では、女陰毛の底で突き勃っている随喜粒を、やはり左右にこねた。

ぬちょぬちょぬちょ。

ぬるぬるぬる。

象牙《ぞうげ》の楽器はあたかも高級張形のごとく、きわめてなめらかに動く。

「あーあーっ」

「変」と言った舌の根が乾かぬうちに、翠玉は悦楽の声を上げている。天峰は二本を並べて操り、肉突起の上から恥芯の奥まで、螺旋責めをしてやった。

「ああっあああっ」

夜具の上で恥骨が弾んだ。天峰はなお甘責めした。乳首か乳房も愛撫してやろうと思ったが、体勢にやや無理がある。

「お師匠さん、おっぱいを揉んで、自分でも気持ちよくなって下さい」

「えーっ、うそーっ」

しかし言葉とは裏腹に、翠玉は恥骨を振り立てながら自ら双乳を揉みしだきだした。

乳首も蹂躙するように、ひねり、潰し、引っ張り、回し、叩きすらし、もう、指の動くまま、手のやるまま。が、それはほんの数呼吸のことだった。

「ぐぐぐ！」

胸がせり上がった。いったん落ちて、またせり上がった。両手が乳房に爪を立てた。腰が左右によじられ、それから上下し、
ぐいぐいぐいぐいぐい。

弾み上がって硬直し、
カクカクカクカク。

ガクガクガクガクガク。

それは目を瞠るほどの荒さで痙攣して、再び翠玉は絶頂に昇り詰めた。

六

失神した翠玉が息を吹き返す前に、天峰は全裸になっていた。肉幹はいきり勃

ち、真っ赤に肥大した雁首には、鈴口から三方向に魔羅汁が垂れ、雄々《おお》しく脈動する肉胴へと伝っている。

閉じた翠玉の瞼《まぶた》の中で、目の玉が動いた。天峰は翠玉の右手を取り、肉幹に触らせた。指がしっとりと、巻きついてきた。

翠玉の頬にかすかな笑いが浮き、ふた呼吸があって、けだるげに瞼が開いた。肉幹を握る指に力が入り、そうして顔が、こちらに向けられた。

「太い。先生の。太すぎる。それに、硬い。硬すぎる」

ゆっくりと、翠玉は体を天峰に向けた。着物の肩は抜いていないが、ほぼ全裸と言ってよい。

「太すぎも硬すぎもしませぬ。並みでしょう」

「そうかしら。ねえ、今度はこれで、占ってくれるんでしょ？」

「お望みならば」

「お望みよ。でも、怖い」

「なぜ」

天峰は翠玉の素肌をやさしく撫でた。

「大きすぎるもの」

「ですから、そんなことはないですよ」

素知らぬふりをして、天峰は肉幹をきばらせた。白くしなやかな指に握られている肉胴はひとまわり、雁首は二割増しに肥大して、
とぴゅっ。

鈴口から先走りの魔羅汁が飛び出した。

「もったいない！」

つややかな唇が雁首にかぶさった。接する前から空気を吸っていたかのように、先走り液が吸い取られた。赤く艶光りする口が離れ、

「美味しい……」

目を細めて一言、感嘆の声を上げると、翠玉はすぐに雁首を口で覆い、顔を横振りさせながら、右に左にと回し、尿道からも無理やり男の淫液をすすり上げようとする。

そうして、尿道にも雁首の表面にも液がなくなると、あらためて股間に伏せてきて、肉胴に三筋、伝い流れている先走り液を舐め取り、唇の先でついばんだ。

さらに指についている液までもねぶり取ると、翠玉はやおら顔を上げ、

「こんな美味しいものが、頂けるなんて」

「恐縮です」

「匂いは、熟れた瓜に蜜を掛けたみたいな。そして味は卵の白身みたいな。うん、鮒《ふな》か何かの甘露煮にも似てるわ。そうね、白玉を甘～く味付けしたような、こってり味もある」

「細かいんですね」

「でも、もう、だめ」

訴えるように言う目は桃源郷《とうげんきょう》にさまよい出ているかのような恍惚感《こうこつかん》を見せ、翠玉は右手で肉胴を握り締めると、左手は股ぐらに這い込ませて、陰嚢をしっかりと手中にした。

「あの、だめ、とは……」

「先生のお魔羅、食べさせてもらうの」

本当に食らいついてきそうな、妖《あや》しすぎる目つきだ。

「そうしたらわたしも、お師匠さんの女陰を賞味させていただきます」

「ううん、あたしはもう終わり」

答えるより早く翠玉は顔を落とし、喉まで雁首を呑み込んだ。

ぐぶっ。

雁首が喉に没する音がし、んふっ。

陰毛に強く、鼻息がかかった。

（おっ、これはスゴイ）

喜び驚いたのは一瞬、次からは呑気《のんき》な感想など、言っていられない。

なんと、唇が肉幹の根元にぶち当たるほどの大きな振り幅の顔の上下動が、のっけから天峰を襲った。

左手に陰嚢を包んでいる翠玉は、天峰の腰の左側に位置している。それで時折、上の歯は雁首や肉胴の右横べりをこそぎ、下の歯は左横べりをいたぶる。

もう少し強ければ痛くも感じるかというギリギリのところであるのが、髪が逆立ち、鳥肌立ちそうな愉悦。

と、左手が陰嚢をまさぐりだした。その手つき、指さばきというのが、独特だった。

陰嚢表面の皺《しわ》がひとつひとつ押さえられ、狭い範囲ながら、あちらと思えばまたこちらというような、実に精妙な動きなのだ。

（そうか。三味線のお師匠さんだからなんだ）

左手だから弦さばきの指づかいなのだと、納得する間もあらばこそ、左手の指は陰嚢だけにとどまらず、股間一帯に這い広がった。

指は五本。それはわかっている。しかし十本とも二十本とも思える縦横無尽の躍動と蠕動《ぜんどう》。ほとんどが指先での突き、叩き、なぞり、撫で、こそぎ、辿るのだが、指の腹も使われれば、背も使われる。爪も、言うまでもない。時には手のひらが肌を広くさするのも、得も言われぬ随喜感——。

「うああ、おっ、お師匠さん、よ……よ……よすぎます」

正直に天峰は快楽を口にした。

「んっん?」

本当? とでも言ったのか、一刹那、顔の上下動が緩み、しかしその後はいっそう荒く長大で速い顔の落とし込みと引っ張り上げだ。

「うおっ、うおおっ……」

と、声、言葉では、それしか出ない。胸の内では、

(俺はこの先、どうなってしまうのだ)

と不安に駆られている。

それに応《こた》えるかのように、翠玉の右手が裸の胸にあてがわれた。が、愛撫して

きたのではなかった。押してきたのだ。そうして押されるまま、天峰は仰向けに倒れた。

腹の邪魔がなくなったので、翠玉の顔の振り方は甚大になった。潰し島田の髷が崩れてしまうかという荒っぽさだ。

案の定、いくらもせずに銀の笄が天峰の股の間に滑り落ちた。翠玉は天峰の右の内腿に躍らせていた左手で取り上げて脇に投げやると、左膝の内側から股の付け根へと、弦さばきの指づかいを浴びせだした。

だが、愛撫・性技は口と左手だけではなかった。天峰の胸を押し倒した右手も、せわしない動きを始めた。

肉幹の根元、陰毛、恥骨、下腹部、臍《へそ》の周り、鳩尾、そして胸から喉元、はては顎、頬、耳と、それはめまぐるしいほどの活躍だ。

手首を巧みに使って親指で肌を打ち叩くようなのが、主の愛撫だ。それに、他の四本の指の引っ掻きのような動きが混じる。

（あ、これは……）

撥さばきと同じものだと、天峰は気がついた。

（さながら俺は、三味線か。お師匠さんに、愛技を奏でられてるのか）

そんな天峰の思いを具現するかのように、左手の指が股の奥から足首近くにまでわたり、内腿を、脛《すね》を、脚の外側を、押さえては滑り、他に移っては指圧していく。

左手の指技が三味線の弦を行き来し、右手が撥を操っているとすれば、口は？

自らの秘部に快楽を見舞っているのか。

（お師匠さん、自分の陰核を舐めたり吸ったりしてるつもりで、俺の魔羅を……）

まさかと思ったがその思いは性感を著しく刺激し、喜悦の極みにまっしぐら。

やがて精嚢と肉幹と雁首が裂ける感覚が起こり、

ドックン！

噴き上がった。

ドクドクドクドク！

歓喜の体液はなお烈しく上下動を繰り返す翠玉の口洞へ。喉へ。

「んむんむっ、んむ～っ！」

苦しげに呻きはしても、翠玉は口淫をやめない。

むしろ、猛烈口技と化した。

ドクドクドク！

ドクンドクンドクン！

いつ果てるとも知れず、男の悦び液は噴出しつづける。

が、

（お、俺……）

天峰は法悦の闇に真っ逆さま。ことによったら、天に吸い上げられている？

いずれにしても、意識は混濁し、そしてなくなった。ただ、夜具の上で体が跳ねている感覚は、あるような……。

七

……意識が戻った。どれほど気を失っていたのか。仰向けになったままだ。天峰は頭をもたげようとした。が、体に力が入らない。

自分で体を動かすことはできないが、しかし体は動いていた。腰が跳ねているのだった。失神したのは一瞬のことなのかもしれない。

肉幹も脈動を繰り返していた。右の膝を指が這っている。左の胸にも、手が這い回っている。雁首が、きゅーっと絞られた。

「うああ」

思わず声を上げていた。それで活が入ったように、体が動いた。

「お師匠さん」

呼んで、肩をまさぐった。着物を着ている。そういえば、翠玉はまだ着物の肩を抜いていないのだった。

「ん？」

答えた翠玉は、雁首から口を離すでもない。両手も愛撫をしつづけている。

「わたしは、果てました。精の汁がたくさん出たでしょう？」

「……んっ……」

ねっちりねっちり。

左右に顔をひねって、翠玉は雁首をねぶり上げた。

「ぐっ、あ……お師匠さん、それ……」

苦しさを訴えて、天峰は着物の肩を掻きむしった。

ねっちりねっちり。

再び厳しく襲ってから、口は離れた。

「あたし、味わうの、忘れちゃってたわ」

「……は……？」

「先生のお魔羅の、太さとか、硬さとか」

「え。今までくわえていたではありませんか」

「味わおうとしてるうちに、何が何だかわからなくなっちゃって」

「そうですか。いろいろと、気持ちいいことをしてくれていましたが。だから、出てしまったんですよ」

「口いっぱいだったわ」

翠玉が、天峰の顔に顔を寄せてきた。

銀の笄が外れ、島田髷も乱れた三味線師匠は、天女もかくやと思われる艶然とした顔をしている。雁首をずっといたぶっていた唇は鮮やかな朱色を呈し、艶黒子はますます悩ましく映えて見える。

「腹が根こそぎすくわれた感じです」

「ほんと？」

頬を唇が這い、ついばみ、そして耳へと辿っていく。

「どういう意味ですか」

くすぐったさに肩をすくめながら天峰は問うた。

「先生、ケチってない？」

「はあ？」

と翠玉に向けた顔に顔が迫って、
ふにょり。

うにゅり。

唇が合わされた。

（なっ、なんて柔らかい唇なんだ）

こんな柔らかいもので、己の硬きカリが責め苛《さいな》まれていたのかと、天峰は啞然《あぜん》とする思いになった。

味わうように二呼吸して、唇は静かに離れた。

「先生が出したの、むせるかっていうくらい多かったけど、まだまだ残してるんでしょう？」

「いや、残してるっていいますか……」

「ドピュッて、出はするわよね」

「はい。と、思います」

「出して。後で」

「後で？」

「先生のお筆で、螺旋占いとかいうのをしてくれてから」

「あはは。そういう意味ですか。承知いたしました。喜んで」

もう体はすっかり元に戻っている。天峰は勇んで上体を起こした。頭には、昨日の志津との交合があった。

「これは脱いでしまいましょう」

天峰は翠玉の着物と襦袢を肩から滑らせた。着物が夜具に落ちるのを流し目のような目つきで見ていた翠玉が、

「でも、あたし、変なくせがついちゃいそう」

「ああ、撥のことですか」

二本の撥は、天峰の腰の横にあった。

「お稽古中に、お弟子さんたちの前で兆したりしたら、どうするの」

「お陰核が勃って、というようなことですか」

いじってやった。

「あんっ、そうよ」

「女陰がじくじくと濡れて、ですか」

いじくってやった。

「あはっ、そうよお」

「それが目に見えぬ魅力となって、男の人たちを、今よりずっと惹《ひ》きつけるのではありませんか。何か悪いことが起きそうになっても、お師匠さんの魅力に負けて、早々に退散していきますよ」

「ほんとかしら。天峰先生、ねえ、お魔羅の筆で、お得意っておっしゃる螺旋占いをしてちょうだい」

「はい。承知」

なよなよと寄り添ってきた翠玉を天峰は掻きいだくと、二度、三度、いや四度、乳房も潰れよと、きつーく抱き締め、そうして重なり合って、夜具に落ちた。

仰向けに落ちた翠玉は、天峰の首に両手を回してすがりついている。天峰は股を広げさせ、腰を割り込ませた。

「さっきはわたし、三味線でしたよね。今度はお師匠さんが、楽器になる番です」

「楽器？」

「鶯《うぐいす》も逃げ出すような美しい声で、よがり泣きさせてあげます」

「うふん。どうやって？」

見つめ上げる目は、あらためて淫欲の炎を揺らがせている。

「まず、こうです」

天峰は翠玉の腋の下から両手を胸に這わせ、両乳首をつまんだ。

「あ」

かくっと、翠玉が顎を突き上げた。

「これを、こうですね」

両方とも三本の指で、左回りにひねった。指を緩めて戻し、またひねった。

「あっ、うんうん」

目をとろりとさせて、翠玉は甘声を上げる。その指技を繰り返しながら天峰は、おもむろに雁首を蜜口に埋め込んでいった。

ぐにゅり。

雁首が没入した。

うにうにうに。

肉胴も消えていく。

「あっは！　はああ、あん！　あっあっ、先生！」

ようやくオトコで女陰を満たされた翠玉は、天峰の首からぶら下がるようにして胸をうねり上げ、身悶えた。

肉幹を根元まで、みっちりとはめた。

「こっちでも、やります」

「あっあ……ん……」

間近で見つめる翠玉は、すでに目の力をなくしているかのようだ。

当初、天峰は昨日の志津との螺旋交合をしようと思っていたが、乳首へのひねり技を試みた時から、考えを変えていた。

肘で体を支え、恥骨に重心を移した。が、陰核を押し潰すほどではない。恥骨と恥骨との、やんわりとした接触だ。

そうしておいて、両乳首への愛撫と同じ向き、同じ速さで、腰を回した。

「ああっ」

翠玉の目に、力が戻った。鈍い光を宿している。

天峰は三処責めを繰り返した。いや、五処と言ってもよいか。両腿で、腿と内腿をこすってやっている。腹部を入れれば、六処か。

「あっ、ああ、ああー」

喘ぐ翠玉の目から、再び力が失せた。

「如何ですか」

「先生のお毛毛と女陰のお毛毛とが、戯れ合って……あ、あっ、うう～ん、もつれ合って、引っ張り合って……」

「いいですか」

「イイ。イイ。あ、あ～、ものすごく……は～、はあ～、ほら、ほら、お陰核が……あっ、あんあん、お陰核がお陰核が……」

翠玉の訴えに、天峰は恥骨を下げてみた。

こり。

うにっ。

こりこり。

翠玉の快楽突起は、割れ目から飛び出している。

「これもこすってしまいましょう」

その状態で、腰を回した。

「あ～、は～。いやあ～ん。だめえ～」

胸をうねらせ、腰を打ち振ってよがる翠玉は、もう恍惚の三白眼《さんぱくがん》。

「もっと速くやりましょうか?」

「あー……」

天峰の声が耳に入っているのかどうか、翠玉は答えない。

「あっ……ふう〜ん……」

楽器さながらに、随喜の声が長く尾を引く。

「イキそうですか。果てそうですか」

「んっん」

と、やっとのこと、返事をした様子。

「それではここでとりあえず一度、お師匠さんをめくるめく極楽浄土にお連れいたしましょう」

そう言いざま、天峰は今度は逆に右に、腰を回した。むろん乳首をいらう指も右回りだ。

くりくりくりくりくり。ざりざりざりざり。

上と下とで、三つの円が美肉を甘責めする。

「あっあっあっ。うううう!」

瓜実顔が赤々と発色した。喉元と胸に、朱が広がった。

天峰は三円の他に、腹と腿と膝と脛とでも、円を描いて喜悦を煽《あお》った。

そうしてわずか三呼吸。

「あっ、うううううっ、うううううっ！」

しこり勃った陰核突起を天峰の恥骨に打ちつけて、美人師匠は極楽往生した。

第三話　旗本娘の悩み

一

半月が経ち、今日はもう葉月も二十八日。昼に少し前。

天峰は障子を開け放った部屋で、穏やかな秋の日差しを受けて裏庭の隅に咲く、萩の花を見ていた。ここにはほんの二株しかないが、今や見頃。一昨日も昨日も、湯屋《ゆや》では客たちが萩《はぎ》を話題にしていた。

萩寺《はぎでら》に行ったという客が、何人もいた。亀戸《かめいど》にある龍眼寺《りゅうげんじ》のことだが、その昔、毎年、天峰は行ったものだ。

大身旗本の跡取り息子で異能の持ち主として、女中たちに下にも置かぬ扱いを受けていた、はるかな昔のことだが。

思い起こせば、春は花見に上野《うえの》の山へ、あるいは飛鳥山《あすかやま》へ。夏は隅田川《すみだがわ》の花火、秋は萩寺に、冬は冬で酉《とり》の市と連れていってもらったものだ。正室に弟が生まれるまでは。

それから人生が変わった。

(まあ、人それぞれの生き方、幸せがある)

季節を先取りするかのように萩の花の着物を着ていた翠玉が、頭に浮かんだ。

翠玉はあの数日後、ここに訪ねてきた。そうして連れ立って池之端の出合茶屋に行き、たっぷり楽しみ、たっぷり楽しませてきた。

占いの結果というものでもないが、そういう生き方が、翠玉にはよいのだ。淋しいが、独りが好き。男が欲しい時に男がいる、というような。

だから、時どき主が来る〝囲われ者〟が、似合っているわけだ。のべつ幕なしに男なり夫なりがそばにいる暮らしは鬱陶《うっとう》しくて、翠玉の肌に合わぬだろう。

(女が欲しくても、そばにいない男もいるが)

ふっと、笑いが込み上げた。

留吉の嫁のいとが来たのは、一昨日の昼下がりのことだった。留吉の腰のことで来たのかと思ったら、そうではなく、例の吾妻形のことでだった。

天峰は、「期限無しで貸す」と留吉に言ったのだったが、あらためて留吉は「ずっと期限無しで」と、いとに言づけたのだ。

「死ぬまで使うと？」

と天峰が笑いながら問うと、

「さあ、そこまでは」

愛嬌のあるいとは、ぽっと顔を染めた。

結局、天峰は、留吉本人がここまで歩いて返しに来られるようになるまで貸す、ということにして、いとを帰した。その帰りがけに、いとは、明日──つまり、昨日──夫と龍眼寺に萩を見に行くと、嬉しそうに言った。

「親方が、一日、お休みをくれるっておっしゃったんです」

「ほう。それはよかったですね」

「もしかしたら、赤ちゃんが授かるかもしれないんです」

「え。それはまたなぜ」

問うた天峰に、いとは、知り合いで子供が出来なかった二組の夫婦が、萩寺に行ったあと身ごもったのだと、不安げながらも目を輝かせて答えた。

「そうですか。いとさんたちも、そうなるとよいですね」

うなずきながら天峰は、やりたくてもできない留吉が、腹いせに息子夫婦の営みを邪魔しているのではないかと、苦笑半分に勘繰ったのだった——。

留吉やいとのことはともかく、二度にわたる翠玉との肉の交わりを思い出して、天峰は下腹部を疼かせてしまった。

その時、

「お願いいたします」

と表で女の声がした。

部屋と部屋の境の襖も、土間への障子も、玄関の戸も開け放っている。首を巡らせると、玄関の向こうに桃の花が咲いているように感じられた。

「はい」

天峰は腰を上げて、そちらに行った。

あでやかな桃色の着物を着た十六、七の娘だった。卵形の美貌、髪はきっちりと島田に結い上げている。どこぞの大名の姫かとも見える。

「あの、天峰先生でいらっしゃいますか」

「はい。そうです。お入りになります？」

中には誰もいないと、天峰は示した。

「ありがとうございます。それではお邪魔いたします」

眩しいくらい、娘は顔を輝かせた。

天峰は玄関の外に「見立中」の木札を下げ、戸を閉めた。

二

いつものように、天峰は白布を掛けた机の前に座っている。占い道具の筆や紙は、左手の棚にある。

小夜《さよ》と名乗った娘は、天峰と向かい合って畏《かしこ》まっている。小夜の後ろは壁、天峰から見てそのすぐ右が、玄関への障子だ。

整った顔立ち、島田髷にはびらびら簪《かんざし》と、黄色い鹿の子の根掛。桃色の着物には赤白黄の花が散りばめられ、さながら春の花園のようだ。襦袢は純白。その内側の肌はさらに白く、目が覚める思いがする。真紅の帯に橙《だいだいいろ》色の帯揚。

小夜は飯田町《いいだまち》から来たと言った。低く見積もっても、三千石《さんぜんごく》の天峰の実家を上回る格式と思えるが、家のことは言いたくなさそうな雰囲気なので、あえて天峰は訊かない。歳もだが。

「それで、どういった?」

相談事なのかと、みたび、天峰は問うた。

「はい……」

蚊の鳴くような声で返事はするものの、それ以上、小夜は言わない。

意を決して天峰を訪ねてきた感じは、確かにある。〝それだけ〟のものであるからなおさら、軽々しく口にできないということか。

天峰は、搦《から》め手から攻めてみることにした。

「つかぬことを窺いますが、お付きの方たちは」

「え」

驚いたように小夜が目を丸くした。

「いらっしゃるんでしょう?」

天峰もその昔はそうだった。

「……は、い……」

困ったように小夜は顔を伏せ気味にして、目をしばたたかせた。後ろめたさがあると、天峰は察した。

「もしかして、巻いてきた、などということは？」

「えっ」

小夜が、跳び上がるような科《しな》を見せた。悪びれた感じが表に出ていないのは、天峰がおどけた顔で言ったからだろうか。

「図星ですね？」

「どうして、おわかりになったんですか」

目が、キラキラしている。

「小夜さんのお顔と体が、そう白状しているのですよ」

「本当にすごいのですね。物当てではすごい先生だと聞いてはいましたけれど。ですから、天峰先生のところに伺ったんです」

安堵したような小夜は、女中が二人と下男一人が一緒だったが、人混みに紛れて、一人でここに来たと言った。

亀戸天神《てんじん》と龍眼寺の萩を見比べるのが外出の理由だったが、途中で抜けて一人で天峰を訪ねることは、前々から決めていた、とも。

「そうでしたか。それはそれは。しかし、小夜さんを見失って、お女中たち、お父様たちから、ひどくお叱りを受けるのではないですか」

「いいんです」

小夜は肩をすくめた。

「年がら年中、見張っていられて、うんざりなんです」

「あはは。わからないでもありませんが。で、それで自由になりたいとでもいうご相談で？」

「いえ……」

とまた、小夜は畏《かしこ》まった。

ジリ……。

小夜のその仕草と相前後して、天峰は下腹部に熱気を感じた。つい今しがた半勃ちになっていた男のモノが、またぞろ頭をもたげ、サオが太くなりだした。

（こっちのことか）

中《あた》らずといえども遠からずと、天峰は思った。〝恥ずかしいこと〟ではあるのだ。だからこそ細工のようなことをして、一人でここに来たのだ。

「それではとりあえず、占ってみますか。いずれ、することではあるのですし」

「そのようにお願いいたします。それで、あの、先生……」

「はい？」

「お代はいくらなのでしょう。一分しか持ってきていないのですけれど」

「そうですか。どうしましょう」

「足りない分は、今度、きっと……」

「いえいえ。足りないのはわたしのほうで。そんなにお釣りがないのです」

「は？」

「見料は二十文です」

「二十……」

美貌の娘は呆気にとられた顔をした。

「細かい持ち合わせがないのでしたら、いつかまた、近くにいらした時で結構ですよ」

「わたし、四十文、持ってます」

嬉しそうに小夜は声を弾ませた。

「それはよかったよかった。で、わたしの占いのやり方は、聞いていますか」

天峰は壁の前の棚から、筆と水入れを取った。

「はい。筆でなさると」

「いろいろなやり方をしますが、その時、その人、その場に応じて、決めます。今は水占いですね」

「…………」

はあ、という顔でうなずきながら、小夜は机に置かれた筆と水入れを見た。

「よろしいですね？」

「はい」

と、煌《きら》びやかなびらびら簪に花柄桃色着物の娘は、襟を正した。

「それでは、手を出して下さい。右手です。手のひらを上に向けて。肘のところから先です」

天峰は筆を取り上げ、白布を掛けた机に左手を載せた。

「よろしく……」

小さい声で応えて小夜は左手で袖《そで》をずらし、言われたようにした。

桃色の着物の袖から、右の前腕が出た。

色が白いということはわかっていたが、腕の内側のこの白さはどうだろう。

「色」というより、「色がない」とでもいう清楚さだ。

天峰の目が他の異能のようにもっと鋭ければ、腕を透して机が見えてしまうのではないかと、感動すら覚える。舌を巻く思いになりながら、天峰は差し出された手を取った。

(なっ、なんと!)

この柔らかさは、尋常ではない。「とろける柔らかさ」というのは、こういうのを指すのだ。強く握るのが憚《はばか》られる高級感、上品さに満ちている。

ジリジリ……。

隆起した男根に、再び熱気が襲ってきた。

ビン!

瞬時に屹立した。雁首が下帯で突っ張って肉幹が歪み、

(うぐ……)

ひそかに天峰は呻いてしまった。しかしむろん、そんなものはおくびにも出さずに威厳を保ち、

「始めます」

「お願いいたします」

「楽にしていて下さい」

小夜がうなずくのを待って、天峰は筆に水を浸した。余分な水を流し、そうし

て筆先の第一着を、肘の真ん中に。

「あ」

と小夜が声を上げた。両肩がすくめられた。出されている右腕が少し引かれ、腰がよじられる動きがあり、
ヒクヒク。

妖しき脈動が、雁首を撃った。

(うん?)

これはどうしたことと、天峰は小夜を窺った。小夜は、必死というか、思い詰めたというか、息を殺しているというか、そんな緊張を見せている。

「螺旋占いというのをします」

「はい。聞いています」

答えて天峰を見た小夜の瞳は、とろりと潤んでいる。

うにゅにゅ。

陰嚢を、粘っこい蜜液状の感覚が襲った。

(これは異なこと)

その思いを胸に、天峰は螺旋を描いて筆を手首側に引いた。

ツッキンツッキン。

肥大した雁首を、指のようなものが突いた。

と、

「あ、あっ、いや……」

小夜が、差し出している白い右腕に左手を添えた。

三

「如何いたしました？」

天峰は筆を肌から浮かした。

「あの……ちょっと……くすぐったくて……」

顔は真っ赤、つらそうな表情。

ぐぢゅぐぢゅ。

陰嚢にその感覚。

ピックンピックン。

雁首にはその感覚。

もう、間違いなかった。

天峰は筆を置いた。小夜が、意外そうな目で天峰を見た。天峰は濡れた腕を畳紙で拭《ふ》いてやった。小夜の右手は、左手でやさしく包んでいる。

「わかりました」

「………」

小夜の顔は、燃えるように赤くなった。

「シモのほうが、おつらいんですね？」

「………」

目からは、涙がこぼれそうだ。

「くすぐったいというより、苦しいのでしょう？　感じて」

「どうして……」

つややかな唇が小さく動いて、問うてきた。

「天峰先生はそういうことが、おわかりになるのですか」

「わたしのが、小夜さんのソコと、同じようになっているからです。わたしだってつらい。感じて、苦しいです」

「まことなのでしょうか」

食い入るように小夜は天峰を見た。

「どうすれば、小夜さんは、まことと信じてくれますか」

「…………」

びらびら簪をかすかに鳴らして、島田髷が横に振られた。

「今は、小夜さんの相談事、悩み事のために、やっています」

「はい」

「わたしのためにではなく、小夜さんのために、です」

「はい。ありがとう存じます」

「ちょっとお待ちを」

天峰は小夜の手を放して席を立つと、障子を開けて土間に下り、小夜にわかるようにわざとらしく音を立てて玄関の戸に心張棒をかって、戻った。小夜は両手を膝に置き、神妙にしている。

「ひとつ伺います」

「はい」

声は、気の毒なくらい小さい。

「小夜さんは、お陰核がピンピンに勃つことが、ありますか」

「………」

口が、もぐもぐした。

「ありません？」

「先生、それなんです！」

叫ぶような告白だ。

「もうひとつ、伺います。女陰がじくじくと濡れることは、ありませぬか」

「あります！　わたしが困っているのは、そのことなんです！」

腰を浮かさんばかりの勢いだ。

「それは、ものすごく強いものですよね」

「………」

声はなく、二度、小夜はしっかりと首肯した。

「強すぎるので、わたしにうつってきているんですよ」

弱った、というふうに、天峰は眉を寄せてみせた。

「そういうことが、あるものなのですか」

「こちらにいらして下さい」

天峰は自分の左側を示した。小夜は机に両手をついて腰を上げた。その時、小夜は天峰よりもつらそうに眉を寄せた。

ピクピク。

じくじく。

陰核と肉溝が、立ち上がる体の動きで刺激を受けたのだ。もちろんその体の反応は、天峰の男根にも伝わってきた。

よろけるように机を回って、小夜は天峰の左脇に端座した。手を重ねて腿に載せている。恥じらいを封じ込めているのだ。

「どういうふうになっているか、実際に触って確かめて下さい」

天峰は左手に重ねられている小夜の右手をつかむと、己のきばりに引き寄せた。

「あ」

小夜が戸惑った様を見せた時にはもう、清楚な小夜の手はモノにかぶせられていた。袴越しとはいえ、中はさながら鉄の棒。

「おわかりですか」

「あ、あ……あの……」

美貌の娘は取り乱し、肩をすくませたり、顔を打ち振ったり、膝を浮かしたりよじれさせたり。男のモノにかぶせられた手は、引こうにも押そうにも浮かそうにも、すべて無理。

「勃った魔羅をしごいたりしたことは、ありますか」

「いっ、いえっ」

否定の仕草に、びらびら簪がシャリシャリと音を立てた。

「握ったことは？」

「いえ」

「くわえたことは」

「あっ、ありません」

消え入りそうな声だ。

「舐めたことも」

「は……はい……」

気が遠くなっていくように、小夜の体がゆらりと傾いだ。

「ちなみに伺いますが、女陰をくじられたことは？」

「あ……あり……ません……」

「お陰核をいじられたことは」

「…………」

もはや声は出ないのか、島田髷がわずかに左右に動いただけだ。

「もう一つ訊きますが、お陰核や女陰を舐められたことは」

「…………」

同じ反応。

「もう一つ。魔羅を女陰にはめられたことは」

「…………」

ガックリと、娘は天峰の胸に落ちた。

「小夜さん、大丈夫ですか。しっかりして下さい。そんなことでは、いくらわたしでも、悩み事を解決することはできませんよ」

天峰は左手で小夜の肩を抱き、右手では伏せられた顔をそっと起こした。右の肘はさりげなく、桃色の着物の胸の膨らみにあてがっている。

むにょむにょ。

男を体験したことがないという娘の胸は、そんな感触だった。

「す、すみません」

あえかな声で、小夜が謝った。

大事なところに触られていることには、気がついていないらしい。それよりも、今は強制されてもいないのに握ったままのモノのほうが、小夜としては重要でもあるだろうが。

しかし、小夜の手や指というと、柔らかいも柔らかい。温かいも温かい。袴越しにそっと包まれている雁首が受ける感じというと、まるで口洞奥深く呑み込まれているような随喜感だ。

ぐ、ぐ……とろり、じわり。

先走りの魔羅汁が溢れ出して、下帯に濡れ広がっていく。

（うおっ……たまらない……なんという気持ちよさなんだ）

己の歓喜はさしあたり内に秘め、天峰は仕事にかかった。

四

「今、小夜さんのお陰核は、わたしの魔羅のようになっていますね？」

「…………」

小夜が、自ら握り込んでいて離さないものに目を落とし、そうして天峰を見た。

指の力が弱まった。

「そのまま、そのまま。どうですか。小夜さんのお陰核は、こんなふうに勃って
いますね？」
天峰は肉幹を律動させてやった。
「わ」
「どうです？」
「は、はい。わたしのは先生のこれのように大きくはありませんけれど、今みた
いにピクピクとは、なります」
「そうでしょう。机から立つ時も、つらかったですね」
「はい」
「女陰の中も濡れて、じくじくしていますね」
「……どうして先生は、そういう、いろんなことがおわかりになるのでしょう
か」
「うむ。それは自分にもわかりませぬ。持って生まれたもの、というしかありま
せん。小夜さんのお陰核が勝手に勃ったり、望まないのに女陰が濡れたりするの
と、同じようなものです」
「それなんです！」

目つきが真剣になった。

「わたしの体って、本当に勝手なんです。ところ構わず、そうなってしまうんです。毎日、一日に何度も。そばに女中や下働きの者たちがいてもです。ここに来る途中でも、そうでした。先生、どうすれば治りますか。治して下さい。天峰先生はどんなものでも治すと聞いてきました」

「それなんです、問題は」

天峰はあやすように小夜の肩を撫で、やさしく叩きながら、頭の中を探った。新たに筆占いをしようかとも思ったが、今こうして肩を抱いているのもなかなかのもの。

脳裏に浮かぶのは、この娘の勃起した陰核と、蜜濡れした肉溝。男は知らないというから、蜜口は硬く閉じていようか。しかし、毎日何度も濡れるのであれば、熟した女とさほど違いはないかもしれぬ。

「伺いますが、ご婚礼のご予定などは」

「いえ。ありません」

「でも、そういうお歳ではありませんか」

「十七です」

「お姫さまですよね」

「いいえ。そのような大層な者ではありません。普通の旗本の娘です」

「まず、お陰核が勃つ、と」

「……はい」

小夜は驚いた目つきになった。

「日常の何げない立ち居振る舞いの最中《さなか》でも、女陰が濡れる、と」

「……はい」

間近で見上げる目つきは、すがるようだ。

そういった問答の一つひとつを材料に、天峰は己の頭の中を探っていた。手がかりとなる材料は、関わり合ったその他もろもろのもの。どれがどうなって解決の糸口となるかは、己自身にも判断がつかない。

小夜の根掛を見ていると、留吉の使いで一昨日訪ねてきた、いとが目に浮かんだ。それから、小夜の島田との関わりからか、潰し島田に結っていた翠玉が浮かんだ。

（いとさん、か……）

と思った時、螺旋を描く黒い糸が目に浮かんだ。螺旋に絡まるように、翠玉が言ってきた「女陰毛占い」が浮かんだ。

(女陰毛……毛……髪の毛……)

何かしら、明瞭になってきたと感じてすぐ、小夜の鹿の子の根掛で、「絞り」という言葉が浮かんだ。

(毛と糸だ。それで絞る)

目の前の霧が晴れた。

「わかりました」

天峰は言った。

「はい」

はっきりした声で小夜が応じた。右手はなお、袴の上から雁首をつかんでいる。

「まずお陰核が勃つのですから、それが元凶です。お陰核を叱って、懲らしめてやりましょう」

「………」

小夜が、鳩が豆鉄砲を食らったような、狐につままれたような顔をした。

「すべて、わたしに任せてくれますか」

「はい。お任せいたします。お願いいたします」

旗本の娘は顔を引き締め、ようやく男根から手を離して自分の膝に載せると、恭《うやうや》しく、深く、頭を下げた。

奥の部屋に移り、夜具を敷き延べた。むろん裏庭に面した障子は閉めてある。天峰は箱枕の紙を新しくして夜具に据えると、小夜を仰向けに寝かせた。着物の上前、下前とめくり広げ、純白の襦袢も左右に開いた。朱色の腰巻が、内腿にやや凹んで、脛までを包んでいる。

さすがに小夜は目を閉じている。

「腰巻もよけますから」

「はい」

つややかな唇から、小さく声が出た。

腰巻の上前、下前と、夜具に滑り落とした。純白の襦袢も遠く及ばない雪白の肌。陰阜《いんぷ》はもっこりとした山を成している。そこに生えた女陰毛は、それはそれは清楚。

毛質は薄く、見るからに柔らかく、陰阜の頂と割れ目の左右に細々と連なっているだけ。刷毛《はけ》でひと掃きしたような乏しさだ。

ところが陰核はどうだ。

白く膨らんだ恥肉に走る割れ目から、ピョッコリと突き勃っている。外に出ているのだ。こんなの、見たことない。

しかし驚きを表すのは、慎まねばならなかった。

「お陰核が腰巻にこすれることはありませんか」

「あります。というか、いつもです。歩くと、必ずこすれます。それで、勃ってしまうのです。そうなると、恥ずかしい奥のほうも、濡れてしまいます」

小夜は天峰を見上げ、一語一語切るようにして、訴えた。

「うーむ。なるほど。そこまで小夜さんを困らせるのであれば、やはり、懲らしめなくては駄目ですね。腹も身の内といいます。当然、お陰核も身の内ですが、止むを得ません」

「………」

小夜の目が、不安げになった。

「大丈夫、大丈夫。痛いことなどはしませんから、安心して下さい」

笑顔で言いながら天峰は総髪を結えている紐を解き、髪の毛を一本抜いた。

「股を開いて下さい」

「はい……」

一点の染みもない雪白の腿が、左右に分かれた。

ぬち。

粘っこい音が、天峰の耳には聞こえた。まだ青い林檎《りんご》のような秘香が漂い出てくる。

楚々とした春草が平たくなり、澄んだ桃色の肉の割れ目が溝を広げ、ほぼ同色の陰核突起が、前よりも高く突き勃った。しかしそれでも、縛るのは無理だ。

「この女陰のお肉が、こういうふうにならねば」

天峰は髪の毛をくわえると、両手の指で恥肉を押し込み、割り剥いた。

ぬち～。

初々しい桃色をした女陰粘膜が糸を引いて離れ、空気に触れて赤くなった林檎の芯の部分のような匂いが噴き出した。

「あ……」

腿が閉じようとした。少しは狭まり、そのせいで天峰が押し広げている恥肉は中に寄って、むんにょりと盛り上がった。

「これでは仕事が叶いませぬ。股をもっと開いて下され」

「は、はい」

恐る恐るの感じで股が開き、その結果、恥肉は平坦になって、陰核突起は見事な屹立を見せた。

「わたしは手がふさがってしまうので、申し訳ござらぬが、おまんのお肉を、今わたしがしているように、押さえていてくれませぬか」

「え……あ、はい……」

股が開いたのよりもっと恐る恐る、両手の指が近づいてきた。白魚のような指が、天峰の指先に接した。

「よろしいかな。押さえていて下されよ」

「はい」

左右三本ずつの白魚が、白いお饅頭を自ら剝いて固定した。

旗本娘を毎日困らせるという肉の突起は、何かの生き物のようにぷるぷる震えている。

「では、そのままで」

天峰は髪の毛で一結びの輪を作り、突起をくぐらせて、やんわり縛った。

「あ！」

膝が浮いた。

「大丈夫、大丈夫」

きつく絞った。

「あ！」

膝が跳ねた。

髪の輪が、外れてしまった。

「あー、駄目ですねー。取れてしまいました。今一度」

その後、小夜の「あ！」と膝跳ねが四度繰り返され、そんな失敗を乗り越えて、ようやく天峰は陰核突起を縛り上げた。

髪の毛は、一尺近くある。その中央部で肉突起を結えているので、左右五寸《すん》ずつあり、引っ張ったり操ったりするのにはいささかの難もない。

上に引っ張った。

「あっあっ」

かわいい声が続いた。

「あっあっ」

真っ白な脚がひくつく。

「あっあっあっ」

真っ白な爪先が夜具から跳ね上がる。

「如何ですか。痛いですか」

「い、いえ……」

答える声は、あえかで湿っている。

「気色が悪いですか」

「いいえ」

「どちらかというと、よい感じですか」

「……はい」

快楽を認めた声は、十分に濡れている。

「困ったお陰核さんですが、虐《いじ》めるのは可哀《かわい》そうですね。せっかく気持ちがよいのですから、もっとよくなりましょう。それで結局、うまく治るかもしれませんから。ちょっと、ここ、持ってて下されし」

天峰は片手で恥肉を剝き割らせて押さえさせ、もう一方の手に髪の毛を持たせて、小夜の帯を解いていった。

五

着物と襦袢の前を暴いた後、陰核を縛った髪の毛が外れないよう注意を払い、天峰も手を貸してやって、小夜の両腕を着物から抜いた。そうして腰巻の紐をほどき、開いて、一糸まとわぬ姿にさせた。

わずかな染みも曇りもない、柔らかな初雪に覆われたような肌だった。大きな雪兎《ゆきうさぎ》を二つ並べたような乳房は、仰向けになっていても揺らぎもせぬ張りを持ち、色づきはじめた野苺《のいちご》にも似た乳首は、誇らしく突き勃っている。

天峰は小簞笥のところに立って行き、一尺余りの黒木綿糸《くろもめんいと》を手に、戻った。指示されたように自ら恥肉を割り剝き、陰核突起を縛った髪の毛をつかんでいる小夜は、天峰の動きの欠片も見逃すまいという目で見ている。

「乳首も縛ってしまいましょう」

「…………」

「はい」と言ったようだったが、声は出ない。

天峰は左右の乳首の根元を、糸の両端で結えた。糸の中ほどを持って、

「痛いですか」

つんつん。

引っ張った。

「あっあん」

甘声を上げ、小夜は箱枕に載せたかぶりを振った。

「どのような感じですか」

つんつん。

「あっ、はん！」

甘声は陶然とした様相を帯び、びらびら簪を揺らしてかぶりを振る今の仕草は、天峰への答えではなく、快楽ゆえのものとも思われる。

「下のほうは、自分で引っ張ってみて下さい」

つんつんつん。

「あっ、ああっ、先生！」

そう言われるのを待っていたかのように、小夜の右手は陰核を縛《いまし》めた髪の毛を引っ張り、左手の指は剝き広げた恥肉を、自らこねくった。

見ると、陰核は明らかに一回り大きく肥大し、目を乳首に戻すと、こちらも色を濃くし、勃ち方もしっかりしている。

「上と下、一緒にやってみましょうか。よろしいですか。はい」

つんつん。

ひくひく。

「あっあっ」

抜けるような色合いの喉が露わに反り、顎が突き上げられ、赤く艶光りした唇は白磁のような小粒の歯を見せて、愉悦の声を上げる。

「如何ですか。ほら、もっとやってみましょう」

「あっあっ。うんうん、あ、はああ、先生……」

蜜濡れした目が、哀訴するように天峰に向けられた。

「はい？」

「どうして、ああ、どうしてこのようにも気持ちがよいのですか」

「小夜さんが、並はずれた性感の持ち主だからです」

「でも、よすぎます。あああ、こんな、こんなに……はああ〜、こんなに〜」

もはや小夜は泣き声になって恥肉を掻きこね、快楽突起の根元に食い込んだ髪の毛を引っ張りつづけている。

「乳首も、自分で」

天峰は言った。

「…………」

しどけなく緩んだ唇ではあはあと喘ぎながら、小夜が天峰を見上げた。

「わたしが小夜さんのおうちに行って手伝うわけにはまいりませぬゆえ」

「…………」

訝しげな目つきをする小夜は、しかし両手の動きをやめようともしない。

「これからは兆した時は、これをやって下さい」

「おっぱいとお陰核をですか」

「そうです」

「そうすれば、お陰核が勝手に勃つのは、治まりますか」

「治まりはしませぬ」

「…………」

えっ！　という顔だ。が、両手の動きは止まらない。

「体は今までと同じか、それ以上になりますが、悩むことはなくなります」

「…………」

何故ですか！　と問い詰める目つきだ。しかし両手での陰核責め、乳首責めは、弱まりもしない。

「気持ちのよいことは善だからです。特に小夜さんほどなら、神様仏様から選ばれた女の子、といっても言い過ぎではないでしょう」

「まことに……」

「世の中には、人並みに感じたくても感じることのできぬ人が、いくらでもいらっしゃるのですよ」

「まことですか」

「自分は選ばれた、幸せな女の子だと思いなされ。実際そうですがね。そうすれば、困ることも悩むことも、絶えてなくなります」

つんつんつん。

天峰は引っ張った。

「あっあっあっ」

小夜は胸をうねり上げて随喜した。

「さあ、こちらも自分の手で。今は、わたしもお手伝いしてさしあげましょう」

天峰は両乳首をつないだ黒糸を小夜の左手に持たせると、足元に移った。

小夜の左手は恥肉から離れ、髪の毛で縛られている陰核は恥肉に挟まれる恰好になったが、毛は外れないでいる。天峰は股の開き具合を大きくさせ、そこに顔を差し込んでいった。

幅の広がった桃色の肉溝には蜜液が滾々《こんこん》と湧き出ていて、甘酒にも似た匂いが漂っている。天峰はそこに舌を沈めた。

ねと〜。

そんな没入の仕方だった。

「あっはあ！」

旗本娘は両膝を跳ね上げて喜悦した。髪の毛と木綿糸を操る両手は、動きを緩める気配も見せない。天峰は舌を匙のようにして、肉溝をえぐった。甘酒をたっぷりすくい取りながら、舌は肉花弁の内側に刺さって止まった。

「い！」

小夜の体が突っ張った。両手の動きも止まった。しかしそれはわずか一刹那。

つんつん。

くいくい。

小夜自ら陰核を刺激し、乳首をいたぶる。天峰の舌先が、肉弁の内側から突き上げる。

「いっい……天峰先生ーっ」

胸がうねり、恥骨がせり上げられ、両の内腿はつらそうに、切なそうに、だがさも心地よさげに、捻《ひね》り絞られ、撚《よ》り広げられる。

天峰は、肉溝から陰核へと舌をぬめり上げた。髪の毛に根元を縛められた快楽の突起を舌裏がねぶった。

「あっはあ～。あはっはあっ、あはあは、あっはあ～！」

せり上げられた恥骨がわななないた。両膝はすすり泣くように震えている。

天峰は顔を横振りさせ、髪の毛で突起を引っ張りながら娘を毎日困らせる陰核を舌裏で懲らしめた。

「先生！」

小夜が叫んだ。

「どうしました？　どうにかなりそうなのですか」

「あっ、ああ～、わたし……どう……あは、んっん……うっ、ん～」

「果てそうなのですね。意のまま体のまま、めくるめく極楽浄土に思いきり
――」

天峰は煽り立てた。

「ぐっ、いくくっ、くっ、く……！　うくくくっ！」

白い総身が硬直した。両手はなお、髪と糸を操っている。

「だっ、いっ……あはあっ、先生っ先生～っ！」

再度、天峰を呼び、夜具に打ち広げられた襦袢と着物の上で、十七歳の旗本娘は絶頂に達した。

六

絶頂の痙攣が始まってすぐ、陰核を縛っていた髪の毛は外れ、黒糸も右乳首のほうが外れた。小夜の手は両手とも脇腹に落ちておののき、髪と糸は白い肌に緩い螺旋を描いて這っている。

天峰は秘部から顔を上げ、どうしようかと思いながら、とりあえず見守っていた。ややあって痙攣は弱まり、小夜がやおら、天峰に目を向けた。

「達しましたね。極楽まで昇り詰めましたか」

「……あの……先生……」

小夜の舌は、まだよく回らないようだ。

「はい？」

「わたし、今、夢を見ていたのですか？」

「いやいや、夢などではござらん。れっきとした現《うつつ》です」

「体から何かが抜けていったような気がします。すーっと」

「なるほど。結構でした。それは不安の元です」

威厳を取り繕って天峰は答えた。

「不安の元……」

「それが抜けていった以上、もう、あれこれと思い悩むことはなくなります」

「お陰核が勃たなくなるということですか」

「勃ちます」

「え」

「ですが、心配ご無用。あ、また！　と思ったら、今したことをすれば、それで治まります。自分でできるでしょう？」

「はい。覚えましたから。毎日してもよろしいのでしょうか」

「むろん」

胸を張って天峰は答えた。

「一日に何度おこなっても構いませぬ」

「わかりました。でも、わたし、ここにしょっちゅう伺うことはできません」

「は？」

「今は、先生がそばにいらっしゃったから、安心してできたのだと思います。いつでもそう思えるように、先生のお魔羅を握らせていただけませんでしょうか。しっかり覚えておきたいのです」

「うむ。さすればご存分に」

下帯を突っ張らせ、先走りの汁でしとどに濡らしている肉幹が、嬉しさにいななき勃った。小夜は体を起こすと、左の乳首から黒木綿糸を垂らして天峰の前ににじり寄り、袴に両手をかぶせた。

「わ、大きいままなのですね」

瞳は星の瞬きのように輝いている。

「小夜殿のお陰核がうつってきて、抜けていってくれないのですよ」

「あの、先生、じかに握ってもいいですか」

「お好きなように」

「はいっ」

手が急ぎ袴の下に差し込まれ、着物の中をまさぐり上がって、じかに握った。

「わ、硬いです！」

「そうですか」

天峰は知らぬ顔をして、きばらせてやった。

「わっ、さらに硬くなりました」

小夜の瞳はますます輝いて、

「あの、見せていただくわけには……」

「どうぞお好きなように」

「はいっ」

袴と着物がわさわさとまくり上げられ、下帯が脇によけられて、生魔羅が暴き出された。

肥大しきった雁首は、赤紫色に怒り照っている。肉胴には、血の管が節《ふし》くれ立って張り巡らされている。根元には、鍾馗《しょうき》の髭さながらに陰毛が巻きついている。

「先のほうが、濡れています」

「魔羅汁ですよ。小夜さんの女陰のお汁と同じです。気持ちがよいからこそ、出るのですね」

「いい匂いがします」

「小夜さんのは、甘酒の匂いがしますよ」

「先生のは……」

鼻が近づけられ、そして顔が上がった。

「茹でた筍《たけのこ》のようですね。あと……」

また鼻が近づけられ、頭の中を探るように、右、左と顔がひねられた。

「何かの花に似ておりませぬか」

「……はい……」

顔の動きが止まり、目の動きも止まった。だが、「栗の花」という答えには、行き着かないようだった。

「わかりません。あの、先生、舐めさせていただいても……」

「どうぞどうぞ。ご自分のものだと思って下さって、いっこうに構いませぬ」

「本当ですか」

その言葉が終わるより早く、可憐な口が開いて、ぐぼり。

と、くわえてきた。

そして、あっという間に喉まで呑み込まれた。

(うぐ！　なんと大胆な！)

雁首のエラが狭い喉粘膜にはまり込んだ快美感に、腰から背中にかけて痺《しび》れた。

しかし一瞬で、口は離れてしまった。

「わたしにも天峰先生のお魔羅を縛らせていただくというのは、いけませんか」

「えっ、髪の毛で？　糸で？」

喜び勇んで天峰は問うた。

「わたしの手と口で」

「ご遠慮なくどうぞ。ご自分の魔羅と思って下され」

「はいっ」

答えた口が、また、
ぐぼぐぼっ、ぬらぬらっ、ぬるぬる～。

と喉まで呑み込んだ。

(うくっ、これはたまらぬ)

天峰は随喜の涎を垂らしそうになった。天峰は夜具に腰を落としている。小夜は体を伏せている。

「わたし、膝立ちになりましょうか。そのほうが小夜さん、楽でしょう」

そろりそろりと、天峰は膝立ちになった。

顔をほぼ横に向けた小夜は、両手の指を肉胴に巻きつけてきた。色を薄めて大きく開いた唇は、脈動のような動きを起こしている。口と指とで、〝魔羅を縛って〟いるつもりなのだ。しかし天峰には、蚊に刺されたほども響かない。

小夜が天峰を見上げた。目は、笑っている。

『先生のお魔羅の硬さには、敵いませぬ』

とでも言っているのか。

「小夜さん、死にそうに気持ちがよいです」

「ん？」

小夜の目に別の笑いが浮かんだ。満足げな表情だ。

「もっと気持ちよくなってもよろしいですか」

「ん」

旗本娘の顔は、いっそう満足げになった。

天峰は小夜の様子を見ながら立ち上がった。小夜の口も手も、そのまま付いてくる。左の乳首からはまだ、黒糸が下がっている。

つんつん。

つまんで引っ張ってやった。

「んっんっ」

小夜が快楽の声を漏らした。その声とともに、男根を縛めている唇と口洞、それに舌先がひくついた。

(おおお、キク……)

つんつんつん。

糸を引っ張った。

「んっんんっ」

声そのものも、男根に響いてくる。

「小夜さん、雁首も何もかも、たまらなく感じますよ」

天峰は左乳首の糸を操り、右の乳房を揉みしだいた。

「うーん、むむっ」

うねうねと、小夜は身悶えた。緩んだ正座をしている腿と腰も、蠢いている。

乏しい女陰毛を突き破って、濃い桃色に発色した陰核突起が勃っている。

天峰は小夜の股の奥に左足を差し込み、足の甲と足首の境のところで、勃起した突起をこねてやった。

「んっんっん！　むっむっむ！」

白磁のような光沢の腿が、せわしなく開閉し、腰が躍った。それは巧まざる口淫となって雁首と肉胴を襲った。すがるように肉幹を握っている両手の指もまた、同様。

「おおお、小夜さん、魔羅がとろけます。魔羅汁が、どんどん出ておりますでしょう？」

「うんうん。うんうんうん」

小夜に快楽の三処責めを見舞いながら、天峰自身、腰を振り立てた。

鈴口からの先走り液漏出を認めてうなずく動きも、口淫そのものだ。

「小夜さん、これ以上続けると、魔羅から精が迸ります。それでも構いませんか」

「うんうん。うんうんうん」

「出てしまったら、飲んでくれますか」

「うーうーうー。うーうーうー」

のけぞり気味の美貌は朱を呈して輝き、目は恍惚の三白眼。そうして小夜は、自ら陰核突起を天峰の足にこねくりつけてきた。

硬い。

木の実のようだ。

それがぶち当たるような動きをした。

「んんんん！　ぐぐぐ、むむむむ！　んふんふんふんふ！」

小夜の総身が痙攣し、喉の粘膜が雁首も肉胴も絞り上げ、しごきまくった。

「あうっ、出ます！　うおお、小夜さん、魔羅から液が噴き出しますよ！」

言いきる前から腰が弾み、肉幹が烈しい拍動を起こして、旗本娘の喉奥におびただしい精汁を送り出していた――。

第四話　法悦の尼僧

一

空が青い。長月《ながつき》に入って四日。

長月は菊月《きくづき》ともいうように、庭に道端に畑に、大小様々、赤、白、黄、紫と彩りも様々な菊の花が咲き誇っている。

昼下がり、うららかな日差しが川面や草原に降り注いでいる。神田川の南岸で、天峰は釣り糸を垂れていた。

午前中、客は一人も来なかった。今日はこんな日なのだろうと、茶漬けに沢庵《たくあん》の昼飯をかき込んだ後、釣り竿片手にやってきた。

よく釣りをする場所は、住まいのある白壁町から北に歩いた、筋違御門《すじかいごもん》近辺の神田川で、昌平橋《しょうへいばし》と和泉橋《いずみばし》の間から出ることはめったにない。だが今日は川べりを西に歩いて、上水樋《じょうすいひ》と水道橋《すいどうばし》の間に腰を下ろした。

今時分、形のよい鮒がたくさん釣れると、昨夜、湯屋で客たちが話しているのを耳にしたからだ。

二十四釣ったという男もいれば、三十四釣ったという男もいる。数こそ少ないが、一尺もある大物を釣り上げたという男もいれば、鯉と鯰《なまず》を次々と釣り上げたという男もいて、湯屋はさながら釣り自慢大会。

天峰はそれを思い出し、よし自分もと、勇んでやってきたのだった。ところが、糸を垂らしてからおっつけ半刻《こく》にもなろうというのに、泥鰌《どじょう》一匹かかってくれぬ。

（くそー。昨日のあの男どもが、根こそぎ釣っちまったんだな）

これではしようがない。やはりいつもの場所に行こうかと、欠伸《あくび》と伸びをひとつした時、川べりの左のほうで自分を見ているような、白頭巾に黒衣の人影がいるのに天峰は気がついた。

（お。尼さんだ）

と、天峰が顔を向けたのをきっかけにしたように、静々と尼僧が近づいてきた。

「占いの天峰先生でいらっしゃいますよね」

そばに来た尼僧が言ったので、天峰は跳び上がった。

「えっ。さようですが、いつかお目にかかりましたか。であれば、失礼いたしました」

天峰は立ち上がって頭を下げた。

「いいえ、こうしてお話しさせていただくのは、初めてです。ですけれど、わたくしは先生のことを存じあげておりまして」

「それはそれは、恐縮です」

柔和な丸顔を尼頭巾で包んだ尼僧に、再び天峰は頭を下げた。

歳は二十代後半というところだろうか。純白の素絹《そけん》に染衣《ぜんえ》、白足袋の尼僧装束が、実に似合っている。尼になるために生まれてきたかとすら、思える。

「わたくし、瑞光《ずいこう》と申します。青泉寺の住持《じゅうじ》をしております」

「え、青泉寺の……」

当然のことに天峰は、志津を思い出していた。

もうひと月近く前にもなろうか、本郷の留吉のところに見立てに行った帰り、志津と出会い頭にぶつかりそうになったのが、その寺の門のところだった。しかし、あれが尼寺とは知らなかった。

「今日、ここで天峰先生にお目にかかれるとは、思いもしませんでした」

「はあ……」

「これも御仏の思し召しかと」

「はあ……」

言っている意味がわからず、天峰はただそう応えた。

「わたくし、折り入って、天峰先生にお願いしたいことがありまして」

「ああ、そうですか」

占いのことかと、天峰は納得した。ただ、人の相談に乗ってやるのが務めの一つでもあるだろう僧が占いを望むのも、おかしいのではないかと思いはしたが。

「わたくしの体を癒して下さりませぬか」

「は？　カラダ？」

また、意味がわからなくなった。

「わたくしの体の火照り、疼きを鎮めて下さいませ」

「火照り！　疼き！」

天峰は耳を疑った。御仏に仕える者の言葉とは思えぬ。

「先生は、志津さんの体を慰められたのですよね」

「…………」

天峰は、おっとりした美貌の尼僧をまじまじと見た。

「先生が、わたくしの寺の門前で志津さんと鉢合わせをしそうになったのを、ちょうど見たのです。そうして、二人、寄り添って歩いてゆかれたのも」

つづけて瑞光は、いつもは淋しげで影が薄くさえ見える志津が、人が変わったように明るく元気になったのを知り、その訳を問うた。志津はなかなか口を割らなかったが、結局、天峰とのことを打ち明けたと、話した。

「それだけのお力と人望のお有りになる天峰先生でしたら、必ずやわたくしの苦しみも消して下さると……」

「そんな、人望なんて……」

「いいえ。お有りです。何人もの方から伺いましたから。でも、まさか今日、こうしてお会いできるとは……。やはり、御仏のお導きなのでしょうね」

恭々しく瑞光は合掌した。

「今日、とおっしゃるのは？」

「寺にはわたくし一人しかおりません」

そう答えた瑞光は、なんと天峰の腕に手を添えてきた。尼頭巾の美貌も接近して、今にも口吸いをしてきそうだ。

「え……」

抱いてくれぬかと、まともにおねだりされて、天峰は言葉もない。

「寺は、わたくしと弟子の二人でやっておりますが、その弟子は今日からしばらく、よその寺で修行することになっておりまして。今、送ってきた帰りなのです」

「しかし、あの……尼寺というのは、男子禁制ではないのですか？　確か、寺男といわれる人もいないと……」

「はい。そのとおりです」

「ならば、わたしも――」

「人目がある昼はそうですが」

美人僧が、艶然と微笑んだ。

「でも、夜なら」

瑞光は天峰の腕に黒衣の胸をそっとつけてきた。

「お願いです。体がつらくて、夜毎枕を濡らしている哀れな尼を、志津さんのように、極楽浄土に往生させて下さいませ」

清涼な秋風がそよりと吹き、天峰の鼻腔を甘肌の匂いで満たした。

二

そして夜——。

秋の日は暮れるのが早い。それでも往来には人通りがある。夜の菊の花を愛《め》でる人たちも多いと聞く。本郷も、そうなのではないか。寺町は神田近辺よりも、明らかに菊の花は多かった。

それで天峰は、長月四日の月も山の端に落ちようかという頃合いになってから、家を出た。頭上には満天の星。月が隠れても灯は要らぬ。

(瑞光殿、待ちあぐねているかな)

美人尼ならぬ自分も、体が疼いている。

神田川で瑞光と会ったあの後、案内されるままに瑞光の寺に行った。瑞光の居室の庫裏《くり》はここ、ここから入ってどうこうと、説明もされた。

疼き尼僧の瑞光というと一刻も待てぬふうで、濃密な女の匂いを天峰の鼻に届けてきていた。それに感応して天峰も男根を屹立させ、とりあえず一戦交えてもと思っていたのだ。

というのも、二人がそうなる真っ当な理由があったからだ。

神田川から寺に向かってくる時のことだったが、二人連れの尼僧と出会った。尼頭巾に法衣《ほうえ》の二人は遠目にも美女と見えたが、近づくにつれてますます美しいことが知れ、天峰は目が離せなかったほどだ。

「あら、浄蓮《じようれん》さんと妙桂《みようけい》さんですわ」

「お知り合いですか」

天峰は、二人の美女尼僧から隣の瑞光に目を転じた。ところが、こちらも負けず劣らずの美女。つい、めまいがしてしまった。

瑞光は年上のほうの尼僧と挨拶を交わした。二十代半ばと思しきその尼僧が浄蓮で、もう一人の十四、五の尼僧が妙桂だ。二人とも、花も蝶も一目置かずにはいられないかというあでやかさ。瑞光は、言わずもがな。天峰は息を飲んで見守った。

だが、二人には急ぎの用があるらしく、すぐに別れた。声が届かない隔たりになってから瑞光が言った言葉に、天峰は我が耳を疑った。耳ばかりか、目も——。

浄蓮は根津《ねづ》にある尼寺・百光寺《びゃっこうじ》の住持で、妙桂は今年の春、その寺に入った彼女の愛弟子。だが、

「おわかりになりませんでした？　妙桂さんは男なんですよ」

「えっ！」

天峰は跳び上がり、言葉を失った。

「事情がおありになり、男子禁制の尼寺に、尼僧の装いをして住まわせてもらっているのです」

「…………」

「わたくしたちの間では、みなさんご存じですけれど、浄蓮さんと妙桂さんは、体の関係もおありなんです」

「…………」

美貌の娘としか見えなかったあの若い尼僧が下に男のモノを付けていて、師である浄蓮と肌を合わせているのかと思うと、あらためて天峰はめまいに襲われた。

瑞光が体の火照りを鎮めてくれと懇願してきていることもあって、男根を勃たせ

るなといっても、これは無理な話だったのだ。
そういう次第だったのだが、折悪しく墓参りの者が門から入ってきて、肉の楽
しみを断念せざるを得なくなったのだった。
青泉寺がすぐそことというところまで来た。幸い、人通りは絶えている。
昼間、境内を案内された時は、どこにでもある寺と思えたが、夜の今見ると、
鬱蒼《うっそう》とした森に囲まれた秘寺、あるいは山奥の孤寺のようだ。
往来の右と左を見やり人目がないのを確かめて、天峰は門の中に入った。
門からまっすぐは玉砂利が敷かれていて、正面が本堂。本尊として祀《まつ》られてい
るのは「准胝観音菩薩《じゅんていかんのんぼさつ》」。
瑞光の説明では、「准胝仏母《ぶつも》」とも言われていて、「多くの仏の母」。仏教の格
としては下の菩薩でありながら、仏でもあるのだという。真言《しんごん》は「オン・シャレ
イ・シュレイ・ジュンテイ・ソワカ」。
「オン」は直接の帰命《きみよう》・帰依《きえ》を意味し、「ソワカ」は「成就あれ」。ちなみに、
「複数のものからの帰命・帰依」は「ノウマク」ということだ。
この准胝観音菩薩は除災・延命・治病などに効験があるが、「女性」であるだ

けに、子宝祈願・安産・夫婦和合に霊験あらたかということらしい。

観音菩薩は救いの目的・働きに応じていくつにも姿を変えるが、密教《みっきょう》では、修羅界地獄界を掌《つかさど》る聖《しょう》観音、餓鬼界を掌る千手《せんじゅ》観音、畜生界を掌る馬頭《ばとう》観音、修羅界を掌る十一面《じゅういちめん》観音、天界を掌る如意輪《にょいりん》観音、そうして人道界を掌るこの准胝観音を「六《ろっ》観音」という。宗派によっては、これも人道界を掌る不空羂索《ふくうけんじゃく》観音を入れて「七観音」とするということであった。

そんな瑞光の話を思い出しながら、天峰は歩を進めた。

瑞光の居室は、門から右に行ったところにある。玉砂利の敷かれた左側もそうだが、右も木々が立ち並んでいる。秋も深まりつつあるが葉を落とさない木が多いらしく、それで星明かりはかなり遮られている。

と、木陰から人影が現れた。

「天峰先生……」

瑞光だった。

「あ、瑞光殿、お待たせいたしました。遅くなりまして」

天峰は歩み寄った。

星明かりの弱くなった境内に、尼頭巾、黒衣、白足袋と着けた姿を確認できる。

が、何か妙だ。黒衣と素絹の感じが、おかしい。乱れているような。

(うん?)

天峰は瑞光の左右の手を見た。いや、見ようとした。しかし見えない。どちらの手も、隠れているような……。

「待てませんでした」

天峰を振り仰いで瑞光が言った。その声の調子も、どこかおかしい。

「暗くなってから家を……」

こんな時間になった言い訳をしようとして、天峰は猛烈な媚香に撃たれ、声をなくした。薄闇の中で目は、乱れているような瑞光の法衣に向けている。

「先生をお待ちしている間に、わたくし、我慢ができなくなって……」

なお顔を仰向けて、瑞光は天峰の胸に胸を添わせてきた。

(お?)

乳房があるはずのところに、乳房でないものがある。

手だ。

「瑞光殿!」

天峰は黒衣の中の手をつかんだ。左手だった。右手も、外には見えない。天峰は瑞光の右肩から辿った。右腕は手首のところから黒衣の中に消えていた。秘部に触っている。

「瑞光殿っ！」

思わず天峰は瑞光の手を揺さぶった。

「んあぁっ！　動かさないで下さいっ！」

「何故ですか」

「感じてしまいます。お陰核に触ってるのですもの」

「ならば、もっと感じさせて進ぜましょう」

手首をつかんで揺さぶった。

「あっあっあ、駄目です駄目ですっ」

「どうしてです？　よいのではないですか？」

「だって、んあぁ……わたくし、もう果ててしまいそうなんです」

「それなら、果てさせてあげます」

「あっあああ、天峰先生、どうせなら、先生のお手で昇り詰めたいのです」

「承知しました。たっぷりと間違いなく。何度でも。ですが、ここでというのは如何なものでしょう？　お部屋に」

「いえ、こ・こ・で」

瑞光は甘えたような口ぶりでそう言うと、両手を抜き出した。そうして、イケナイことをしていた右手を、悪戯っぽい仕草で天峰の顔の前に掲げた。

「先生のことを思って、濡らしておりました。このユビ」

人差し指と中指が鼻先に突きつけられた。星明かりに、妖しきぬめりがわずかに見て取れる。しかしそれよりも、
つ〜ん。

恥香《ちこう》が天峰の脳髄を射た。

（あっ、これはまた……）

ビックンビックン。

肉幹が雄々しく脈動した。

そうなって初めて、男根が屹立していたことに天峰は気がついた。

「この指がこうなったのは、わたしのせいですか」

天峰は二本の指を握って鼻の穴につけた。

目がくらむほど、きつい淫香《いんこう》だ。しゃぶってみる。

味という味は、感じ取れなかった。しゃぶった一瞬で、口の中に消えてしまっ

たのかもしれなかった。

「あ、天峰先生、そんなこと……嬉しいです。でも、どうせしゃぶって下さるのでしたら、どうか女陰を。火照って火照って、苦しいんです」

「承知いたしました。しかし、瑞光殿、本当にこういうところでこういうことを……、構わないのですか？　御本尊様のお叱りを受けませんか？」

「ご心配には及びません。我が准胝観音様は人道界を掌る菩薩様。それは御心の広いお方です。そのような菩薩様が、叱るなど、なさるわけがございません」

「そうですか。わかりました。といっても、ここは通りからすぐです。ここの物音や声を聞きつけて、見回りの者や捕り方が来たりしませんでしょうか」

「そのご心配もいりません。寺は寺社奉行の掌管です。町方が入ることはありません」

「なるほど。そうでした」

言うなり天峰は、瑞光の法衣の中に右手を差し込んだ。

「ああっ」

瑞光が、驚きと悦びの声を上げた。

三

今まで瑞光が自らいじくっていただけあって、女陰肉は熱く膨満し、肉の割れ目は緩んでいる。中指と薬指を並べて差し込んだ。

どぶっ。

そんな感じで、二本の指は瞬時に肉溝に沈んだ。

「あはん！」

腰を左にくねらせて、瑞光は天峰の胸にすがってきた。天峰は肉溝の奥へと指を這い込ませた。あっという間に指先は秘口に達した。

中指の付け根のところが、陰核に触っている。硬くとがり勃った突起だった。

指の付け根で、うにうに、とこねてやった。

「あっあんあん、天峰先生、堪忍堪忍」

天峰の襟を掻きむしるようにして、瑞光が喚《わめ》き立てた。

「え？　堪忍とは？」

「もう駄目です。わたくし、果ててしまいそうです」

「わかっておりますとも。ですから、果てさせて進ぜると申しましたでしょう?」

「でも、もう少しこの気持ちよさを続けてから、果てたいのです」

「何度でも昇天させてあげますから」

天峰は横なぶりに陰核突起をいらった。肉溝に深くはめ込んでいる二本の指では、肉花弁の直下から秘口までの長さにわたって、荒くくじってやっている。

「あっ、うんうん! うっ、あはんあはん!」

「ちょっと、瑞光殿、お声が大きすぎるのでは? 町方は入ってこないとしても、人は来るかもしれません。お寺でいったい何事かと。檀家《だんか》の方だったりしたら、どうするんです」

「それでは、わたくし、こうします」

瑞光は尼頭巾の喉元の部分をずらし上げて、口を覆った。

「うむ。それならよろしいかもしれませぬ」

天峰は指を再びつかいだした。

「んんっ。むむっ」

悦びの声はくぐもり、上首尾だ。

天峰は陰核と肉の花弁、肉の溝に快楽の波動を与えながら、瑞光の背中に半分ずれていき、左身八つ口から手を差し込んで、左の生乳房を揉んだ。

もっちり、まるまる、てっぷり、やわやわ。

そんな手触りの乳房だった。最前まで自分の指で気持ちよくしていた乳首は、こりこり、つんつん、ぷりりぷりり。

という感触。手のひらで乳房を揉みしだきながら、乳首をつまんで愛撫した。

「んあーっ。もうもうっ」

肉悦の声は叫びに近くなり、塀の向こうに聞こえていきそうだ。

「瑞光殿、いささかまずそうです。庫裏に参りませぬか」

「いやです。ここで最後までして下さいな」

天峰の両手の動きが弱まったので、瑞光は自ら胸をうねらせ、腰をせり出して、指技を催促する。

「ならば、声はお控え下さい」

「無茶なこと、おっしゃらないで下さい。よがり声を出さないで、いったいどうやって気持ちよがったらよろしいのですか」

「もっと口をふさぐとか」

「そうですよね」

あっさり応えると、瑞光は尼頭巾を取ってしまった。

星明かりに、つるつるの頭が晒された。「女とはこう」という思い込みがあるせいか、かなり小さな頭に思える。しかし、そんな感想はほんの一瞬のこと。

「女ではない」姿形に、天峰はいたく興奮した。

「瑞光殿！」

たまらず抱き締めた。右手でもそうしたので、二本の指は秘口に没入した。

「うああ！」

体を弾ませて叫んだ瑞光が、脱ぎ取った尼頭巾で口をふさいだ。

「むううう！」

叫び声は内にこもっていて、上首尾といってよい。指はもう、蜜壺に没してしまっている。天峰は抜き挿しさせた。

ぬらっぬらっ。

うにゅっうにゅっ。

実になめらかな動きだ。

「むうっ、むうっ。むうむうっ、むうっ」

ひと挿しひと挿しに、瑞光は愉悦の呻きを上げる。

(もう、後戻りはできませぬ)

瑞光の体は、そう言っている。

(もはや、止めることはできぬ)

天峰の指は、そう答えている。

より深い快楽を瑞光に与えてやるために、天峰は手を広く大きくつかいだした。

中指と薬指の二本を根元まで蜜壺にはめ入れ、手のひらが女陰肉から恥骨にかけて、密着するようにしたのだ。

指の付け根の部分が肉溝と肉花弁を甘く打ち、手のひらの指側の端が陰核突起をやさしく連打し、手のひらの大方が恥骨を広く叩く。

そこに分厚い女陰毛があるのが、感じられている。わさわさという、乾草のような感触だ。剃髪《ていはつ》された頭が目の前にあることで、女陰毛の量はより強く意識された。

「ううっ。むっむっ」

尼頭巾で口をふさいで瑞光はひたすら随喜する。

いつしか恥骨の快楽の前後動が始まっていて、蜜壺に抜き挿しさせている二本の指の背から手の甲に、とろりとろりと蜜液の流れが起きている。

「瑞光殿、感じておりますか。お陰核もおまんも女陰の穴も、たまりませぬか」

坊主頭に頬ずりしながら天峰はささやいた。

「うむっんむっ。いーいーっ」

尼頭巾の下で不明瞭に返事する瑞光は、胸をひどく悶えさせもした。天峰は瑞光の後ろにすっかりずれると、身八つ口から差し込んでいる左手を右乳房にまで伸ばして、もっちり餅肌の双乳を愛撫し倒した。

手と指では、右の乳房を揉みしだき、乳首を捻り、引っ張り、押し潰し、あるいは乳頭を叩き、あるいははじき、あるいは乳暈《にゅううん》からしごき上げた。

前腕では、左乳房をこねくり、上から下に、下から上にとなぞり凹ませ、円を描いてそろりと撫で、時に強く撫で、反対回りの円で愛撫し、乳首を薙《な》ぎ、こそぎ、あやし、わずかな接触で掃き、あるいは打ち叩いた。

瑞光の胸は苦悶の様相を見せ、恥骨の前後動、波打ちの荒さというと、天峰の手も指も追いついていくのが大変なほど。よがり汁はとめどなく湧き、今や手の甲を伝い終えて、手首にまで達している。

「如何ですか、瑞光殿。どうしようもないくらい感じてらっしゃいますか」

天峰は剃髪頭への頬ずりを荒らげ、耳を甘咬みして尼僧の肉悦を煽った。

「……！」

尼頭巾を浮かして瑞光が見えない声を放った。

「イッイ～ッ！」

そして生声。体は弾みはじめている。天峰は両手を目いっぱい働かせ、顔も鼻も口も使って喜悦を高めてやり、さらに腰を振り立てて、法衣に包まれたお尻に男の屹立を突き立ててやった。

「んむっんむっんむっ！」

尼頭巾の中で、くぐもった叫び。瑞光の肉体は弾み方を大きくしている。

天峰は屹立の突っ込みを鋭くさせた。

「イクッ！」

一瞬外に出た甲高い生声が尼頭巾に制せられ、

「ムフッムフッ！　イムイムイムッ！」

地面から跳び上がるような反応を起こして、瑞光は絶頂した。

四

烈しい絶頂の痙攣に見舞われている瑞光の体は、天峰が抱きかかえているのも難儀なほどだ。瑞光のすぐ左前に、ひとかかえほどの幹の立木がある。

「瑞光殿、木につかまって」

「ううっ、あっあっ」

瑞光は尼頭巾を口から離して、つかまった。剃髪頭は前に倒れ、後ろに倒れし、腰はなお、快楽の前後動を繰り返している。

「声は控えて下され。誰に聞かれるかわかりませぬゆえ」

「そんな、あっあっ。無茶な、うっうん！」

夜の境内に大きな声が響き渡り、瑞光は慌てたように尼頭巾で口をふさいだ。

だが痙攣も声も、少しずつ鎮まっていった。背中を起伏させ、はあ、はあ、はあと喘いで、瑞光は立木につかまっている。立っているのもつらそうだ。

「瑞光殿、お部屋に参りましょう」

「いいえ、ここで」

即座に瑞光は拒否した。

「ここで？　まだですか？」

「お口でして下さいませぬか」

瑞光が振り向いた。星明かりが、三つ四つ、濡れた瞳で光っている。

「お陰核と女陰をですね？」

「お嫌でしょうか」

「そのようなことがあり得ましょうか」

天峰も即答して瑞光を掻きいだき、唇を奪った。

「んむっ……」

にわかに瑞光の体が和らいだ感じになった。その柔らかさは唇にもあり、とろとろとした感触に変わっている。熟れた桃のように甘い。そんな唇を四度、五度とねぶって、天峰は口づけを解いた。

「それでは、こうなって下され」

天峰は瑞光の体を反対向きにすると、立木に背中を持たせ掛けさせた。そして前にしゃがみ、黒衣、素絹、腰巻とめくった。

闇の中でも、肌の白さは際立って見えている。

その中央に、漆黒の秘毛。分厚い毛だ、濃い女陰毛だとは実感していたが、縦長の円の形に墨を塗ったようだ。

それにもまして天峰を撃ったのは、漂い出た淫香だった。

野菜と菜種油か。人肌に温んだ精進料理の残り汁のようなものが顔に吹きかかってきたような、確かな手応えの感じられる匂いだ。

（うっ……！）

その勢いに思わず天峰はのけぞってしまった。が、その反動を借りて、女陰毛に顔を突っ込んだ。鼻の頭が陰核に当たり、上唇が、
ぬるり。

と肉花弁の襞にぬめった。

「はあ〜ん」

立木に背をあずけている瑞光が、恥骨を弾ませた。天峰はお尻に両手を回していき、動きを制しながら肉の弁を吸い取った。

本人の唇以上に柔らかく、甘い肉襞だった。吸った分だけ、唇の中に入ってくる。それでも、なお吸った。甘い肉襞は伸びるだけ伸び、下唇は緩んだ肉溝にはまった。

「あっあんあん、あん、先生、天峰先生……」

瑞光は縦横に腰を蠢かせてよがり、天峰の肩に両手を掛けてきた。天峰の顔をかすめて、尼頭巾が落ちた。しかしもはや、瑞光の声をどうこうしようとする思いは、天峰にはない。

「うっはんはん。お陰核を、先生、お陰核を吸って下さい」

恥骨をせり出してねだる瑞光に応えてやらぬ天峰ではない。丸々と肉づいた尻肉を抱き寄せると、肉弁から唇をぬめり上げた。

とろっ。

硬くしこった肉粒が、唇に滑り込んできた。

吸ってやった。

うくっうくっ、と強めに。

ぬちっぬちっ、とより強く。

「あひっ、うはっ、あっあっあ！　お陰核が――！」

疼き尼僧は天峰の肩に爪を立て、背中を引っ掻きして肉悦を訴える。天峰は唇をめくれさせて肉突起に密着させると、速い動きで顔を回して甘責めした。

瑞光が性感を求める陰核は言うに及ばず、その上下の襞、肉量豊かな割れ目の左右のへり、濃い女陰毛、ずっと下の肉の溝、さらには蜜口、加えて、後ろの秘門、そのすべてに快感波動が行き渡る。

「あ、あ〜ん、ア〜ン。い〜い〜。イ〜イ〜。おーおー。オーオー」

頭上の闇で、瑞光が口の形をさまざまに変えて喜悦しているのが、天峰には目《ま》の当たりだ。前後左右に暴れる顔の振り方さえ、見えるようだ。

天峰も顔を荒振りさせた。上、下、右、左、斜め上、斜め下、そうして回転も。逆回りも。螺旋を意識しての回転も。むろん反対回りも。

「だめ〜、だめ〜、だめ〜」

豊かな肉づきの両腿が烈しくぶれた。

「だめだめだめだめ」

大きな尻肉が、こわばりの律動を起こした。

「ダメッダメッダメッダメッ」

腰が弾みだした。

「うっうっう！　むっむっむ！　うっむっむっ！　うむっうむっうむっ！」

男の射精のように、

ぐいぐい。ぐいぐいぐい。

と恥骨を突き出して、瑞光は二度目の絶頂に昇り詰めた。

五

ずず、と立木に背をあずけている瑞光の体がずり下がった。

瑞光は絶頂の痙攣の真っ最中。下がっている意識はあり、脚を踏ん張ろうとしてもいるようだが、力は入らないらしい。それを見た天峰は、恥肉から口を離して抱き止めた。

「あああ、こんな。こんなこんな……」

半ば膝を折って落下を食い止められている瑞光が、うわ言のように言っている。

「また果てましたね。感度がよろしいのですね」

「こんな……ああ、天峰先生、こんな素敵な。わたくし、嬉しいです。今日、天峰先生にお会いできたのは、やはり仏様、准胝観音菩薩様のお導きなのですね」

「そうですか。そういったことは、わたしにはわかりかねますが、とりあえず、体を。苦しいでしょう」

天峰は瑞光の体を押し上げた。瑞光は右手を天峰の肩に載せ、左手で後ろの木をまさぐるようにして、体を立てていった。

「わたくしのお弟子さんが、よそのお寺でしばらく修行することになって、わたくしはご挨拶がてら、その寺まで送ってゆきました」

「はい」

「天峰先生が、たまたま今日はお時間がおありでしたので、釣りにいらした。そうして、いつもとは違う場所でお釣りになられた。そのどれもこれもが、御仏のお計らいです」

「なるほど。そういうものですか」

「わたくしが戻って参りました時間も、そう。なかなか魚が上がらず、いつもの場所に行こうかと先生がお考えになられたのも、そうです」

「はあ」

「もっと早く先生がそちらにいらしていれば、今こうしてお会いしていることもありませんでした」

「つまり、こういうことには、なっていなかったと」

天峰は右手の中指を立てて瑞光の股にくぐらせるなり、真上に突き上げた。

ぬっぽ！

見事に没入した。

「あーん！」

瑞光が腿をわななかせ、夜の境内に悦びの悲鳴を轟《とどろ》かせた。

「瑞光殿、お声を控えなされ。感じて下されて、わたしは嬉しいのですが」

「そんなことをおっしゃっても、声って、勝手に出てしまうんですもの。女だから、仕方がないのです。抑えようもございません」

「ならば、いくら大きな声でよがっても差し支えがないように、お部屋へ」

ようやく天峰は立ち上がった。

「いいえ、嫌です」

「え。何故ですか。もう、終わりと？」

「とんでもない。今、始めたばかりだというのに」

「いったいどういうことで？」

「こ・こ・で」

ねっとりとした口ぶりで答えて、瑞光は天峰の胸にすがってきた。

懐には、秘密のものが入っている。瑞光の手は着物越しにそれにあてがわれているが、気づくことなど、あるはずもない。

「ここで、もう一度?」

「悦ばせて下さいな。ね? ね? あ、ん~。ほら、あ、あ、ほら、また女陰がうじうじと。あ、ん~、女陰が疼いて、切ないですう~」

「それではここで、いたしますか?」

「ん。して下さい。あ~、はあ~、わたくしって、悪い尼です~」

「尼さんに魔羅をはめようとするわたしも、悪い占い師ですねえ」

こうなりましょうと天峰は瑞光の向きを変え、立木を抱かせた。言うまでもなく、すでに胸には一物がある。

「この木を抱いていて下され。そうやって、いたしますから。わたしの魔羅より太くて、逞《たくま》しいですね」

「おほほほ!」

おかしそうに瑞光は肩を揺すった。天峰は法衣のお尻を剝き、そうして自分も下半身を捌《さば》いて、たぎり勃つ肉幹を夜気に晒した。

「よろしいですか。なるべくお声は控えて下され」

「約束はできかねます」

男根にするように、瑞光は木の幹を撫でている。もはや、口をふさぐ気持ちなどないようだ。

天峰は左手を瑞光の前に回していき、おなかを抱いた。右手では、懐に忍ばせているものを取り出した。

鼈甲製の張形だ。

こんな外で使うことになるとは、さすがに思いも及ばなかった。この時節の夜でもあり、冷たいのではないかと案じていたが、ずっと懐の中だったからか、生魔羅の温もりと違わない。

カリの部分も胴の部分も、ねっとりと舐めた。瑞光は仄白いお尻を突き出し、早く早くとばかり、木の幹をさすっている。

「それでは、はめます」

「あ、はああ……」

剃髪の頭を木にこすりつけて、瑞光が打ち震えた。

天峰は張形の雁首で蜜口を探った。

ぬらぬら。

驚くほど滑りがよい。

「はああっ、あっ、ああっ……」

法衣の背中をうねらせて、瑞光が随喜の声を放った。まったく気づいていないようだ。

挿し込んだ。

あっという間の没入。

「うはっうはっ、あうっあうっ」

迎え撃つ瑞光は、のっけからお尻を振り立てた。天峰はその動きに乗って、抜き挿しをかましてやった。

天峰のモノが出し入れされていると瑞光が思うように、瑞光の背に胸を添わせ、膝も腿に当たるようにしている。

さらに天峰は坊主頭に頬ずりして、

「如何ですか。魔羅はたまらないですか」

「あはっ、もうっ……あっ、あ〜、あ〜っ、もう、もうもう。あは」

瑞光はすがる木の肌に顔をこすりつけ、胸を押しつけて、喘ぎ悶えている。

「深く突きましょうか。こうやって」

「お〜お〜。う〜う〜。あ〜お〜お〜」

「速いのがよいですか。こんな速い魔羅づかいは」

「あひっあひっあひっ。うっうっうっ。おっおっおっ」

瑞光は尻肉を荒振りし、木肌を叩き、引っ掻き、額を打ちつけ、そのよがりざまは、およそ御仏に仕える者とは思えぬ。しかしそうであるからこそ、随喜させている天峰自身、否応なく高まっていった。

打ち振られるお尻に雁首が触りそうになっている肉幹は、肉悦の汁をしとどに滴らせ、ぴっくんぴっくんと脈動している。

瑞光が張形の抜き挿しで絶頂したら、その光景にたまらず、無駄に精を迸らせてしまうだろうかと天峰がひそかに案じていると、

「先生っ先生っ！」

立木をひしと抱いて顔をのけぞらせ、瑞光がせっぱ詰まった声を上げた。

「どうですか。女陰の火照りは。ますます燃えていますか」

「ひっ、先生っ先生っ」

「燃えすぎますか。とろけますか。辛抱たまりませぬか」

「もっ……とっ……しっ……たまっ……」

瑞光はあたかも目の前の立木と交合しているかのように、抱きすがり、掻きすがっている。

「果てそうですか」

「くっ……くっくっ……」

法衣の背がしなり返り、うねり返り、夜気にしっとりと汗ばんでいる尻肉が、毬《まり》のように弾みだした。

「いかがです？」

「クック……イッ、ク……クック、クック～ッ！」

薄闇の境内に絶頂の叫びを轟かせて、美人尼僧は三度目の極まりに体を躍らせた。

六

はあはあはあ。

はーはーはー。

はあっはあっ、はー。

瑞光は木の幹にすがって背中を波打たせ、荒い息づかいを繰り返している。張形は、まだ蜜壺深くはまっている。天峰は、瑞光のおなかをかかえていた左手で瑞光の左手を取り、後ろに導いた。

力なく後ろに回されてきた手が、屹立している生の魔羅を握らされた。

「…………」

瑞光の体が、ピンと起きた。

「おわかりですか」

天峰は肉幹を脈動させた。

「うわっ！」

戸惑い叫びとともに瑞光が振り向いた。握らされているものを見、それから股に目を落とした。

「えっ……！」

瑞光は言葉もなく本物と紛《まが》い物とを見比べ、さらに天峰に目を向ける。

「全然わからなかったでしょう。さすが高級品ですね」

天峰は張形をそろりと引き抜いた。

ぬる。とろ。ぬるる。

夜目にも糸を引いて、抜き出された。

ほわり。

湯気が揺らぎ昇っている。

「張形です。これ、差し上げます。体が火照ってつらい時は、いつでもこれで慰めて下さい」

「はり……がた……」

目の前に差し出されたものを、瑞光はまじまじと見つめている。得体の知れぬものを見る目つきだ。天峰との関わりをしゃべらされた志津も、これのことは言っていないようでもある。

「初めてですか」

「…………」

瑞光は目を天峰に転じ、ゆっくりとうなずいた。

「悪くはないでしょう？　差し上げます。瑞光さんのお言葉を借りれば、これも仏様のお計らいですよ」

「あの……これ……」

「はい？」

「お高いのでしょう？」

「鼈甲の、まあ高級品で、一分です」

木製の安物を与えた志津に、いささか申し訳なく思った。

「一分！」

「高いものは、こういう鼈甲製と水牛の角製がありますが、一両もするのがあります。そういうのに比べれば、まあ手頃なお値段といいますか」

そうして天峰は、鼈甲製のものは「亀蔵《かめぞう》」、水牛製のものは「牛蔵《うしぞう》」、安い木製のものは「木蔵《もくぞう》」と、俗に呼ばれていることも話した。

目を丸くし、いちいち首を縦に振って聞いていた瑞光が、

「そうなのですか。少しも存じませんでした。でも、タダでは……」

口ではそう言うが、天峰の手から奪い取りそうだ。

「お布施ということで。それなら構わないでしょう？」

「あっ、ありがたいです。天峰先生には何とお礼を申してよろしいものやら」

瑞光は両手を胸の前に出して、わなわなとさせた。天峰は握らせてやった。

「これが張形というもの。これが今、わたくしの……」

感激に、瑞光は武者震いのように震えている。天峰は瑞光の一方の手を取ると、きばり勃った肉幹を握らせた。

「わあっ！」

この存在を忘れていたとでもいう反応だ。

「先生、これを。ねえ、ようございましょう？　お願いいたします。この硬くて太くてピクピクしてる先生の生きたお魔羅を、わたくしの女陰に」

「承知いたしました。今度はわたしのヤツで、瑞光殿をめくるめく極楽浄土にお連れ申しましょう」

「あああ、わたくし、幸せです」

瑞光は張形を胸に抱き、天峰の胸に倒れ込んできた。

天峰は瑞光の肩をやさしく抱き、庫裏へと促した。


そうして瑞光の居室——。

六畳の質素な和室、敷き延べた夜具の上で、天峰は肉幹を奮い勃たせて全裸になっている。瑞光は白足袋ひとつ残した妖艶な姿だ。

足袋は、天峰が脱がそうとすると、瑞光が天峰にすがりついてきてコトを始めようとしたので、そのままになった。

まだ、体をつなぎ合わせてはいない。天峰が瑞光に張形の使い方を教えているところだった。

すがりついてきた瑞光に天峰が、
自分はそうそう繋くここに来るわけにはいかない。瑞光の弟子が戻ってくれば、なおのこと。瑞光が自分のところに来るにしても、待ち合わせて出合茶屋にでも行くにしても、法衣姿の瑞光はいやでも人目につく。そうであれば、普段はこの張形で体を慰めるよりない。

そのように言い諭すと、瑞光は真剣な眼差しで大きくうなずき、使い方を自ら求めたのだった。

『片手づかい』というのは、男女の交合を描いた枕絵を見ながら、蜜壺に前から挿入した張形を片手で抜き挿しさせる方法で、最も普通。

「つまり、こうですね」

天峰は瑞光を仰向けに寝かせると、快楽の汁を噴きこぼしている蜜口に張形を埋め込んだ。

「はあっ、こうするのですね。い、いい、あああ、天峰先生、いいです～」

行灯の明かりを受けた白肌に女陰毛がもっさりと茂った陰阜を、くいくいくい。

と瑞光は突き上げて悦んだ。

『脇づかい』は、片足を上げ、脇から張形を蜜壺に挿し込んで楽しむやり方。一方の手は自由に使えるので、乳房を揉むなり、後ろの門をいじくるなり、好みで行う。

「つまり、このように横から入れてですね。こうやって、ずこずこと。はい、瑞光殿がご自分でやってみて下され」

天峰が瑞光の右脚を浮かさせて脇から張形を挿入し、瑞光の手にゆだねると、

「あっ、あんあん。うーうー。なんと素敵な具合なのでしょう」

瑞光は、緩んだ唇から涎を垂らさんばかりになって右手を動かした。

『足づかい』は、首と足を紐でつないで、手の代わりに足で抜き挿しさせる。一人での楽しみだけでなく、男と交合している気分が味わえる。

『踵《きびす》掛け』は、張形を足首に結えつけてする。

『弓じかけ』というのもある。これは夜具に張形を結び、男としているつもりで夜具を抱いてする。夜具は鴨居に取りつけた弓から下げ、ゆらゆらと動くように

するが、大がかりになるのが、難。

『茶臼型《ちゃうす》』というのも、やはり夜具に張形を結えつけ、それに跨《また》がってコトを行う。

「今は、手で持ってやってみて下され」

天峰が起き上がらせると、瑞光は夜具に張形を立てて、腰を落とした。張形は、ぬるり、つる～っと、蜜壺に消えた。

「うっ、お……あ、はああ……本当に……ああ……男の方に跨っている気分です。こっ……こんなにイイなんて。あーあー、おーおー。あ、あ、あ。うっ、うっ、うっ。うあ～、なんと、感じ、るんで、しょう」

瑞光は体を弾ませて、独りよがりをした。豊乳が躍り、のけぞる顎から喉に涎が垂れていっている。

『片身づかい』は、他の者にしてもらうこと。先ほど境内でしたのがそうだが、当然のことに、してくれる相手がいなければできない。

『本手型』というのは『互先《たがいせん》』とも言われているが、一人が腰に張形を結びつけ、男女の交合のごとくに行う。むろん、相手がいなければできない。

「でも、先生」

天峰の説明を受けながら茶臼型で独りよがりをしている瑞光が、真っ赤に張り詰めた雁首から魔羅汁を溢れさせている天峰の屹立に、とろけるような目を向けた。

「でも、今は先生がいらっしゃるんですから、先生のご立派なもので」

瑞光は、蜜壺に挿し込んでいた張形を夜具に投げ出すようにして、肉幹に食らいついてきた。

ぬぽ。

ぐぷぐぷぐぷ。

あっという間に肉幹は瑞光の口洞に消えた。

「うおっ、お……瑞光殿……」

胡坐《あぐら》をかいている天峰は、のけぞり喘いで瑞光の頭に両手を掛けた。

剃毛の頭は、独特の手触りだ。見ると、行灯の明かりに青々と光っている。その形と小ささで、

(小坊主)

の感は否めない。

しかし、なめらかな白い背中からくびれた腰、巨肉といって過言でない尻肉は、女そのもの。

んくんくんく。

むぐむぐむぐ。

唇と口洞が、きつい絞りと締め上げで雁首と肉胴を責め、尿道に溜まっていた魔羅汁が、たちまち吸い上げられた。

（うおお。御仏にお仕えになる美麗なお方が、俺などの魔羅を……）

感涙にむせぶ思いで天峰は手を瑞光の胸に回した。たわわに実った乳房に、指も手のひらも埋まった。

（女だ。女の人だ。これが、尼さんというものなんだ）

天峰は左手で乳房を揉みしだき、右手は遠く伸ばして、平たい腰から豊満な尻肉を撫でさすった。

ぢゅる。ぢゅるる。ずるる。

魔羅汁が、根こそぎ吸い出されていく。

（瑞光殿が俺の汁を。あ、うおお、俺の汁を口一杯に。飲む。飲むぞ）

ここに、と天峰は、乳房から瑞光の喉元に手を這わせた。まさにその時、喉の骨が動いて音を立てた。

(飲んだ)

と天峰がゾクリとしたのに合わせるように、瑞光が顔を上げた。

「先生!」

行灯の明かりを受けて、瑞光の瞳は爛々と光っている。

「なんと美味しいのでしょう」

「わたしの魔羅の汁がですか」

「甘露というのは、先生のよがり汁のことだったのですね」

「さあ、それはどうですか。褒めすぎでは……うぐ!」

再び落ちて雁首を喉まで呑み込んだ瑞光の青い頭を両手で抱きかかえ、天峰は苦悶の声を漏らした。

ぬっちぬっちぬっち。

瑞光の顔が烈しく上下しだした。

「おっ、おっ……瑞光さん、そんなに強く。魔羅がすり剝けてしまいます」

訴えた天峰の言葉が逆に聞こえたか、

ぬっちょぬっちょぬっちょ。

ぶっちゅぶっちゅぶっちゅ。

顔の上下動はいっそう荒くなった。天峰は瑞光の坊主頭をかかえている。まるで、青々と剃り上げた頭をつかって自慰に耽《ふけ》っているようだ。

(明日から、瑞光殿はここで一人で張形を使って……)

そう思うと、もう、いけなかった。

随喜によって肥厚した蟻の門渡りを、裂けるような痛みが襲った。

背骨が焼け、肛門が火を噴いた。

口洞深く呑み込まれている肉幹が脈動を——。

起こすその寸前、瑞光が口を離して顔を上げた。

「先生」

瑞光の瞳は、泣いているかと思うほど、濡れている。

「はい」

射精直前で停止を余儀なくされた天峰もまた、つらさに涙が滲んでいる。

「わたくし、先生のお魔羅の汁を、たんと頂きました」

「はい。それは何とも」

「下にも……ねえ、よろしいでしょう？」

有無を言わさず瑞光は天峰を押し倒すと、鬱蒼と繁茂した女陰毛の奥に赤っぽい桃色の肉襞を覗かせ、大胆にも跨ってきた。

「茶臼の実地ですか」

交合なら、異存はない。天峰は尻肉に両手を回した。搗《つ》きたての餅をいくつも溶かし合わせたような手触りと大きさの肉塊だ。

「あ、あ……天峰先生と、繋がれる……」

腰が下がってきた。

紫色に照り映えている雁首が、蜜濡れした赤い粘膜に沈んだ。

ぶにゅ。

ぐぼぐぼ。ぬる。

奥へ奥へと、はまっていく。

「あっあっ、先生のが、先生のが入ってきます」

最後まで呑み込まないうちに、瑞光の腰は上下に弾みはじめていた。

搗きたての餅の巨臀が、腹と腿にぶち当たる。

精嚢と肉幹が蹂躙されるような打撃だ。

上下するのは、白い肌にくっきりと浮かんでいる漆黒の女陰毛。

目の前で躍っているのは、たわわな双乳。

前に横にと揺すられているのは、青々と剃り上げられた頭。

（うおお、たまらぬ。美しき尼と。この世の極楽か）

天峰は左手で豊臀を抱き、右手で乳房を揉みしだきながら、自らも腰を突き上げた。

「あっあんあん。うっうんうん。イイ、イイ、あああ、先生、女陰が。あ、ああ～ん。イイ、イイ。天峰先生、天峰先生、女陰が燃えてしまいますーっ」

天峰の胸に両手をついて、瑞光は体を跳ねさせる。朱を広げた顔は神々しくさえ見える。目は恍惚とし、緩んだ唇に時折、白い歯と舌先が覗く。

と、蜜襞が烈しく蠕動しだした。

秘口から奥まりへと、波打ち蠢いている。

ぞわぞわと肉幹をしごき迎えるような蠢動だ。
ズ、ズ、ズ。
腰から背中、後頭部にかけて、荒波が起こった。つづいて天峰の身を襲ったのは、尾骨が砕けるような喜悦感だった。

しかし、性感、歓喜ということでは、すでに瑞光のほうが上回っているのかもしれなかった。

大きく弾んでいた瑞光の体は、今は硬くこわばり、発作のようなわななきを見せている。恍惚としていた目は三白眼に変わり、赤々と発色した顔は法悦に浸っているようだ。

とはいえ、天峰も今や、絶頂が目の前。すでに射精の抑えは利かない。あと、五呼吸か。それとも四……。

「イッイッイッ！　クックック！」

先に達したのは瑞光だった。

蜜壺が螺旋を描いて肉幹を絞り上げた。

ドビ！

天峰も、予想外の早さの精の噴出。

ドビドビドビ！

迸ってから、

（あっ、イク！）

天峰は知った。

螺旋を描いて肉幹をしごき上げる柔らかい蜜壺に、あとからあとから精汁が飛び出していく。体内深く受け入れる三十路《みそじ》前の美人尼僧は、すでに極楽往生の様相——。

二見文庫

後家往生《ごけおうじょう》

著者　北山悦史《きたやまえつし》

発行所　株式会社 二見書房
東京都千代田区三崎町2-18-11
電話 03(3515)2311［営業］
03(3515)2313［編集］
振替 00170-4-2639

印刷　株式会社 堀内印刷所
製本　合資会社 村上製本所

ISBN978-4-576-11175-9
http://www.futami.co.jp/